Jérusalem. 21 juin. 19 h 45.

Depuis le Mont des Oliviers, assise à même le sol, je regardais le soir tomber sur Jérusalem. Des rayons mauves transperçaient par instants les nuages que le vent faisait défiler au-dessus des toits devenus transparents.

Une divinité semblait planer sur la Ville sainte. Le spectacle qui se déroulait devant moi, dans ce qui ressemblait à un décor, était pourtant bien réel.

Ce paysage grandiose, presque grandiloquent, saturé de signes, me troublait. Était-ce ma solitude profonde qui me faisait espérer l'apparition de mirages dans les reflets ? Si souvent, la nuit, depuis de longs mois, j'avais rêvé que ma vie allait changer, qu'un miracle allait advenir.

Un rayon vint frapper le dôme doré de la mosquée al-Aqsa. J'en éprouvai une émotion violente ; j'étais incapable d'en définir l'origine.

Que voulait dire cette lumière ? Le message, si c'en était un, s'adressait-il à moi ? Je restai immobile, sans oser faire le moindre geste.

Y avait-il réellement un dieu caché derrière le jour qui déclinait, une faille dans l'espace-temps ? Avais-je aperçu un autre monde, impossible à connaître, mais qui serait le seul vrai ? Un monde où je pourrais m'enfuir, laissant derrière moi mes chagrins et mes deuils. Était-ce une révélation ?

Je regardai autour de moi. Il n'y avait personne. Cet endroit, d'habitude envahi par les pèlerins et les touristes, avait été brusquement déserté. Quelqu'un devait être là. Trop près, peut-être, ou trop loin. Ou bien était-il derrière une de ces tombes aux stèles irrégulières.

Ce que je venais de ressentir ressemblait à un coup de foudre, un bouleversement amoureux. De ceux qui vous font perdre pied et font basculer votre vie dans l'inconnu.

Ce séisme, cette onde de choc qui me traversait, était devenu mon unique réalité. Je ne pouvais me raccrocher à rien d'autre. Tout ce qui faisait ma vie se dérobait.

Une voix intérieure me parlait, me disait que ce que j'avais vu devait me guider.

Je retrouvai peu à peu mon souffle, tandis que les battements de mon cœur ralentissaient.

San Francisco. 21 juin. 9 h 45.

Les applaudissements résonnèrent dans l'amphithéâtre bondé. Le professeur Werner Richardson venait de terminer son dernier cours. Il annonça qu'il partait pour l'Europe le jour même et ne reviendrait pas à Stanford avant longtemps.

Un verre avait été organisé pour son départ. Sa femme, Annah, était venue avec leurs deux enfants, Albert et Mary. Ils avaient choisi ces prénoms en hommage à Einstein et à Marie Curie.

Il avait rencontré Annah pendant leurs études à Yale. Elle s'était spécialisée dans l'imagerie médicale du cerveau, ce qui leur avait permis de travailler ensemble et de ne jamais se quitter depuis vingt ans.

À quarante ans, Werner était devenu l'un des scientifiques les plus reconnus dans le monde pour ses découvertes sur le fonctionnement du cerveau émotionnel. Il avait publié plus de vingt ouvrages traduits dans une quarantaine de langues. Tout le milieu scientifique le considérait, malgré son jeune âge, comme le favori du prochain prix Nobel, qui devait être annoncé neuf jours plus tard.

Les adieux furent brefs. Il leur fallait encore passer chez eux avant d'attraper l'avion qui les emmènerait à Paris.

En sortant les six énormes valises du taxi, devant la porte de l'aéroport, Werner eut la surprise de voir une jeune fille s'approcher de lui. Elle lui tendit un petit paquet. Il la remercia, glissa l'enveloppe dans sa serviette, et se hâta vers l'enregistrement.

— C'est qui, celle-là ? demanda Annah.

— Je ne sais pas. Probablement une de mes élèves.

Une fois installé dans la carlingue du Boeing 747, Werner défit le paquet. C'était le *Court traité de Dieu* de Spinoza. La jeune fille devait savoir que c'était un des sujets d'étude du professeur ; il en avait parlé lors d'une conférence. Mais pourquoi s'était-elle donné la peine de venir le lui apporter jusqu'ici ?

Werner consacrait beaucoup de temps aux ouvrages philosophiques. Il y faisait souvent référence dans ses livres. Certains y voyaient une pose mais c'était une véritable passion, la source de nombre de ses découvertes.

Le concept de *conatus*, une des notions centrales de Spinoza selon laquelle tout ce qui existe tend à persévérer dans son être, était à l'origine de ses recherches récentes.

Il attacha sa ceinture et se plongea dans le livre sous l'œil attendri d'Annah.

Jérusalem. 21 juin. 19 h 45.

J'étais venue en Israël avec un journaliste, Jérôme, et son photographe, Benoît. Je participais à un reportage sur d'importantes découvertes archéologiques en un lieu dont la légende voulait qu'il fût celui de l'ultime affrontement entre le bien et le mal, la colline depuis laquelle, selon l'Apocalypse de Jean de Patmos, serait annoncée la fin du monde, la fin des temps. La Bible l'appelait l'Armageddon.

Une intense activité archéologique avait permis d'y retrouver, enseveli sous les strates de vingt-cinq siècles d'histoire, le tombeau du roi qui fut sans doute à l'initiative de la rédaction du Livre saint : Josias, qui y avait été tué lors de la guerre d'indépendance qu'il menait contre le pharaon d'Égypte.

Avant de nous y rendre, nous avions fait une incursion dans le quartier de Méa Shéarim où vivent les juifs orthodoxes. En ce jour de Shabbat, les rues étaient vides. Je devinais, malgré le foulard dont je m'étais recouvert la tête, les regards réprobateurs derrière les rideaux et les volets mi-clos. L'absurdité de cette attitude me mettait mal à l'aise.

J'avais été soulagée de quitter ces lieux. Notre marche dans ces rues hostiles et poussiéreuses avait fait remonter un souvenir d'enfance. Les cris dans la cour de l'école primaire de la rue

Robert-Étienne, la petite fille rousse qui m'avait jeté au visage une phrase dont je n'avais pas compris le sens :

— C'est vous qui avez tué Jésus !

Les éclats de rire des autres m'avaient laissée plus désarmée encore face à ces mots. Que répondre ? Était-ce vraiment moi qui l'avais tué ? Je pleurai sur le chemin du retour.

Le soir, je dis à ma mère que je voulais aller à la messe, faire ma communion comme les autres petites filles, porter une aube blanche, me faire pardonner.

Elle ne comprit pas ma demande, me posa des questions auxquelles je ne voulus pas répondre. Elle m'expliqua que la communion n'était pas pour moi, que nous n'étions pas catholiques, ni même croyants, que Dieu n'existait pas. J'avais honte sans savoir pourquoi. Si j'avais tué Jésus, mes parents aussi étaient responsables.

Je conçus, à partir de là, une passion pour l'image du Christ. J'étais persuadée que, pour d'obscures raisons, ma mère me mentait. Enfant silencieuse, enfermée dans d'autres certitudes, je fuyais déjà les conflits. Le soir, dans mon lit, je me demandais si j'étais leur fille.

Je pris un chemin solitaire à travers l'art. La peinture, les représentations religieuses. La magie secrète des églises où j'allais comme on va à un rendez-vous d'amour.

Je restais des heures en contemplation devant les mises en croix, le cœur étreint face à ces plaies sanglantes ; je contemplais le sang du Christ qui s'écoulait. Je ne pouvais pas être responsable de ce meurtre.

Pourtant, la voix de la petite fille résonna longtemps dans ma tête. Grâce à cette phrase j'avais découvert ma foi. Moi, l'enfant juive aux parents athées, c'est par elle que je surmontais les épreuves, c'est auprès du Christ que je trouvais refuge, dans ces blessures où j'aurais voulu me fondre et disparaître à jamais.

Sur la route qui nous ramenait du Nord d'Israël, le long de la frontière avec la Cisjordanie, je repensai à tout cela. De retour à Jérusalem, j'eus envie de m'isoler un instant. Je choisis ce lieu si chargé d'histoire et de légendes, dont le nom seul évoque tant de visions : le Mont des Oliviers.

J'étais fascinée à l'idée que tant de gens veuillent être enterrés là, au premier rang, lorsque, à la fin des temps, la porte s'ouvrirait et laisserait s'engouffrer toute l'humanité pour qu'elle se soumette au Jugement dernier. Cet espoir de voir advenir le Messie avant les autres, de faire partie des premiers ressuscités, me semblait vain.

Je me disais : quelle importance ? Que peut signifier ce désir, au regard de l'éternité ?

J'essayais de me représenter la scène : ces milliards d'hommes et de femmes, les uns encore vivants, ou qui venaient de mourir, et les autres, tous les autres, toute l'espèce humaine, ressuscitée, s'engouffrant par cette mystérieuse ouverture pour venir rendre compte de tout ce qu'ils avaient commis durant leur vie sur terre.

Qu'avais-je commis durant mon existence ? Je ne trouvais rien de très répréhensible. J'avais beau passer mes souvenirs, mes fautes, mes péchés au crible des trois religions monothéistes qui campaient là, sous mes yeux, je me disais : « Non, je ne mérite pas d'aller en enfer. » Quels étaient les critères de cette sélection brutale ?

Je repensai aux récits de la dernière nuit du Christ sur le Mont des Oliviers, à cette phrase qui revenait sans cesse dans mes pensées : « Mon âme est saisie de tristesse jusqu'à la mort. »

C'était ce que j'éprouvais souvent dans ma lassitude ; la marque, sans doute, de mon rejet profond de ce monde qui m'apparaissait comme l'œuvre du mal.

Il existait peut-être, de toute éternité, un ailleurs à l'opposé de lui. Comment peut-on croire que ce monde est guidé par le bien ? J'eus envie de prier, sans savoir à qui s'adressait ma supplique.

Seilhan. 21 juin. 17 heures.

Près d'Albi, Seilhan était une abbaye portant le nom du lieu où saint Dominique de Guzman fonda l'ordre des Prêcheurs en 1216. Pourtant, nulle trace ici de ceux qu'on appelle depuis les Dominicains.

La communauté qui vivait là se nommait la confrérie du Sang du Christ. Aucune route, aucun chemin ne semblait conduire à ce qui n'était qu'un ensemble de bâtisses dissimulé au milieu d'une épaisse forêt. Autour d'une cour carrée bordée par un péristyle aux colonnades romanes, quatre anciens cloîtres dessinaient une croix. Le premier était occupé par une école privée. Le second était le cloître où vivaient les moines. Le troisième était un centre qui accueillait des enfants autistes.

Dans le quatrième bâtiment régnait une grande effervescence. Vu de l'extérieur, rien n'avait changé, mais les moines venaient d'assister à la fin des travaux d'aménagement intérieur qui contrastaient de façon saisissante avec l'allure moyenâgeuse du cloître.

Ils observaient, fascinés, les appareils qui avaient été installés dans des espaces entièrement aseptisés. De grandes dalles de marbre avaient été scellées sur le sol.

Ils auraient aimé qu'on leur explique l'usage de chacun des instruments disposés de façon géométrique, mais les ouvriers ne parlaient pas la même langue qu'eux.

À 17 heures, une fois les travaux achevés, le chef de chantier abaissa une manette à l'intérieur d'un boîtier qu'il referma aussitôt à clefs.

La pièce fut parcourue par un courant lumineux, il y eut un léger bruit, puis tout retourna au silence.

Jérusalem. 21 juin. 20 heures.

Jérôme et Benoît me rejoignirent sur le Mont des Oliviers.

En s'approchant de moi, ils me regardèrent comme s'ils devinaient mon trouble. Ils me prirent chacun par une main pour m'aider à me relever. Tout chavirait ; sans eux, je n'aurais pas tenu debout.

Quand, retrouvant l'équilibre, je levai les yeux, j'aperçus la fine silhouette d'un homme dont je n'avais pas remarqué la présence. Il était assis, comme je l'avais été un instant plus tôt, à même le sol, derrière une stèle qui le dissimulait.

Son corps se déploya et j'entraperçus son profil. On aurait dit un oiseau. La grâce de ses gestes, la beauté de ses traits donnaient l'impression de voir un ange. Ses mouvements formaient une sorte d'arabesque, comme s'il exécutait, en tournant sur lui-même, un pas de danse. Le soleil frôlait le bord des collines. Tout son corps baignait dans une lumière d'or.

J'eus tout à coup le sentiment qu'il détenait la réponse à mes questions, qu'il était un messager, et savait, lui, le sens des signes que j'avais perçus dans le crépuscule. J'aurais voulu qu'il tourne la tête, mais il resta de profil, les yeux fixés sur l'horizon.

Nous regardions tous trois cet ange doré sans oser faire de bruit. Benoît le photographia en même temps que la ville, le ciel, le cimetière aux stèles irrégulières. J'avais failli l'en empêcher, comme si son étrange présence ne devait pas être divulguée. Un moment de grâce unique. Mais je m'étais dit qu'avoir des images de cet homme me permettrait peut-être d'en savoir plus sur lui.

Quelques heures plus tard, installés sur la terrasse de l'hôtel King David qui surplombe Jérusalem, nous regardions les clichés. J'avais hâte de revoir ce visage si mystérieux, de retrouver les sensations qu'il m'avait inspirées. Certains d'entre eux, pris au téléobjectif, me permettaient de détailler son énigmatique silhouette. Bien que son image n'eût pas quitté mon esprit, quand je le regardais de plus près, quelque chose le rendait différent, plus concret peut-être, plus réel.

J'étais restée sur la vision d'un ange. Les photographies, elles, ne montraient qu'un jeune homme, rien d'autre. Beau, bouleversant de grâce, mais un être humain. Il était vêtu d'une tunique n'enveloppant qu'une partie de son corps, et je découvris que la lumière qui le faisait resplendir n'était pas le reflet du soleil couchant ; elle émanait de lui, dont le corps entier, y compris le visage, les cheveux, était recouvert d'une peinture dorée.

Paris. 22 juin. 9 heures.

L'avion de San Francisco venait de se poser à Roissy. Un chauffeur brandissait un panneau sur lequel était écrit : « Monsieur Martin ». C'était le code convenu pour des raisons de sécurité. Werner vint le saluer et lui tendit une pièce de monnaie. L'homme la regarda attentivement, puis leur fit signe de le suivre jusqu'à un minibus. Ils s'y installèrent tous les quatre après avoir vérifié que leurs bagages avaient bien été déposés.

Werner se demandait, alors qu'ils entraient dans Paris, combien de temps ils allaient vivre dans ce pays si différent du leur. Cela dépendrait.

Il regarda ses enfants. Seraient-ils heureux dans ce coin perdu du Sud de la France ? Il croisa le regard d'Annah et comprit qu'elle aussi se posait la question. Ils échangèrent un sourire complice.

Il y avait une grève du personnel de l'aéroport. Beaucoup de vols intérieurs avaient été annulés. Le chauffeur les déposa à la gare d'Austerlitz où ils furent pris en charge par deux hommes.

Quelques heures plus tard, après s'être assoupis, ils étaient à Albi où un autre véhicule les attendait pour les conduire à l'orée de la forêt de Seilhan, là où la route s'arrête, laissant place à des arbres centenaires. Ils virent quatre moines s'avancer pour les accueillir. Contournant des branches de thuyas, ils s'enfoncèrent en file indienne sous les feuillages.

Après un trajet sinueux, apparut une passerelle entourée d'arches de fer. Devant une large porte romane, un autre moine les attendait. Il les fit entrer et les aida à s'installer dans l'appartement qui leur avait été réservé.

Une grande chambre, deux plus petites, un salon, un coin cuisine, un grand bureau et une salle de bain simple et spacieuse ; toutes les fenêtres donnaient sur un jardin et, au-delà, sur la forêt. Le père hôtelier leur proposa de dîner. Les enfants étaient épuisés, ils décidèrent de dormir tous les quatre dans la grande chambre.

Paris. 22 juin. 9 heures.

L'avion de Tel Aviv venait d'atterrir à Roissy. J'accompagnai Benoît et Jérôme à la rédaction de leur magazine où ils devaient déposer les éléments du reportage.

Durant le vol, j'avais somnolé, rêveuse, toujours hantée par l'image de l'ange doré. J'avais senti le regard de Jérôme posé sur moi. Il semblait deviner mes pensées.

Dans la voiture, il appela un confrère du service culture. Il eut avec lui une brève conversation, puis se tourna vers moi.

— Je crois que j'ai une piste pour retrouver celui qui vous obsède.

Je ne répondis pas.

Après avoir confié notre entretien et les photographies à son rédacteur en chef, Jérôme me dit que nous serions mieux chez lui que dans l'agitation de la rédaction pour continuer notre enquête.

Nous marchâmes en bavardant. Il voulait que je lui dise ce que je ressentais. Je ne le savais pas moi-même. Je ne savais pas davantage ce qu'il cherchait en me posant toutes ces questions. Je restai sur la réserve.

Je l'avais rencontré à deux ou trois reprises ; il n'avait jamais été aussi familier. Jérôme était particulièrement brillant, il faisait une belle carrière de journaliste mais, jusqu'à ce voyage, je ne connaissais rien de plus sur lui, ni lui sur moi. Le désir que j'avais de mettre un nom sur l'apparition du cimetière lui donnait de l'audace.

— Peut-être trouverons-nous l'ange doré grâce à Google, murmura-t-il.

La formule me fit sourire. J'étais de plus en plus impatiente, de plus en plus intriguée.

— Comment allez-vous faire ?

— J'ai ma petite idée, je vous l'ai dit. Mais attendez que nous soyons devant mon ordinateur.

Je le regardai. Il me parut changé. Son expression était devenue sombre, tendue. Pourquoi se sentait-il à ce point concerné par mon trouble ? Pourquoi tenait-il tant à m'aider ? J'avais pensé jusque-là qu'il en avait fait un jeu, mais je découvrais qu'il y avait autre chose. Il parlait sans relâche, faisant une série de déductions, me livrant peu à peu les informations qu'il avait glanées.

C'était comme une enquête policière. Je me persuadais que Jérôme, au-delà de sa solide formation de journaliste, avait un pouvoir de divination. Fouiner, toujours en savoir plus sur les uns et les autres. J'étais fébrile. Peut-être saurais-je bientôt qui était mon ange.

Lorsque nous fûmes chez lui, il s'installa devant son ordinateur posé sur un grand bureau jonché de livres, de papiers et me demanda de m'asseoir à côté de lui. Ses doigts couraient sur le clavier, si vite que je n'eus pas le temps de lire.

Il naviguait sur des moteurs de recherche, à toute allure, passant d'un site à l'autre. Je voyais défiler des noms. Il avait perdu son air de garçon bien élevé et réservé. Il ressemblait à une sorte de mage, le cerveau branché sur les étoiles.

L'écran devint noir. Jérôme se leva et me demanda de m'asseoir à sa place devant l'ordinateur. Je regardai ses traits figés. Il ne se passait rien. J'hésitai à appuyer sur le clavier. Il me fit signe. J'obéis.

Sur le fond noir de l'écran apparut une croix faite de deux traits de lumière. Elle se déforma puis se décomposa au rythme lent de la musique. Elle finit par se disloquer dans l'espace en petits fragments scintillants, replongeant le décor nu dans le noir.

Le ballet était une suite de tableaux allégoriques représentant différents moments de l'évolution des religions monothéistes. Le premier, le seul enregistré dans la vidéo, traitait du péché originel, d'Adam et Ève chassés du paradis.

Les corps enlacés d'un couple sortaient lentement de l'obscurité. Ils s'enroulaient et se repoussaient alternativement. Leur danse figurait tous les moments de doutes et de contradictions que peuvent traverser les relations humaines. Attraction, répulsion, douceur, violence, extase, souffrance. Le couple se sépara progressivement. Ils se reflétaient l'un l'autre comme dans un miroir. L'un semblait vivant, l'autre déjà mort.

Soudain, la caméra se rapprocha de l'homme et il n'y eut plus aucun doute. C'était mon ange doré. Cette présence magique, presque irréelle, se retrouvait là, devant moi. Il était donc fait de chair ; ce n'était pas un ange.

Plus que jamais, j'avais la certitude qu'il fallait que je le rencontre. Je remerciai Jérôme. Il me confia le cheminement qui l'avait amené jusqu'à cette vidéo.

Un ballet s'était donné, la veille, dans un théâtre de Jérusalem. Quelques instants avant de monter sur scène, déjà maquillé, entièrement recouvert de peinture dorée, le jeune danseur était venu s'isoler pour se concentrer. Peut-être, aussi, pour trouver dans le calme et la beauté du paysage l'énergie d'accomplir ses prouesses.

Avait-il lui aussi, quand, dans le cimetière, nous étions restés l'un près de l'autre sans le savoir, aperçu le rayon de lumière sur la coupole de la mosquée ? Avait-il, comme moi, été transporté par cette illumination ? Non, cette scène, sans doute, n'avait eu de réalité que dans mon esprit.

J'étais cependant rassurée d'avoir trouvé un fil logique pour la comprendre. Cela suffisait à satisfaire mon besoin de rationalité. Avant d'agir, même si je n'étais guidée que par une intuition, j'avais besoin de me raccrocher à un raisonnement froid.

Ce qui était en train de m'arriver risquait de tout remettre en cause. Je me sentais portée par un mouvement, une énergie nouvelle que je ne parvenais pas à contrôler malgré mes efforts. Un tel bouleversement pouvait-il n'être dû qu'à l'apparition de ce corps, de ce visage ? Comment être sûre de reconnaître un visage ? De me reconnaître en lui ? De renaître, comme lorsqu'on tombe amoureux ?

Il fallait que je me ressaisisse, que mon cœur ralentisse. Je m'apprêtais à refermer l'ordinateur, lorsqu'une ultime image apparut, si fugitive, presque subliminale, que je doutai de son existence. J'essayai de revenir en arrière. Mais l'ordinateur s'éteignit brusquement.

Sur le côté droit de son torse, une blessure nette et rectiligne d'où le sang s'écoulait lentement. Il y a souvent, derrière une image, des signes cachés, subtils et discrets. J'avais peut-être vu l'invisible trace d'une autre vie sur son corps.

Une phrase me traversa l'esprit comme un sous-titre pour ce mirage :

« Mon sang chavire et tangue. »

Plus j'avançais sur le chemin qui venait de s'ouvrir, plus cette vision de son sang m'envahissait. Je ressentais physiquement à quel point le monde, dans sa soif de religion, de croyance, était aussi assoiffé de sang. Le monde avait besoin de se régénérer, il était devenu vampire.

L'ordinateur s'était rallumé. Je repassai en boucle le début du premier tableau, puis les dernières images. Les plaies et le sang avaient disparu. Plus rien.

Jérôme m'observait depuis un moment, debout, les bras croisés, avec sur les lèvres une expression qui semblait dire qu'il avait rempli sa mission en retrouvant la trace de celui qui ne me quittait plus. Il y avait dans son regard une lueur rouge.

— Ça ne vous dérange pas que j'utilise encore votre ordinateur ?

Son sourire familier réapparut, comme s'il avait remis un masque.

Je cherchai le nom du jeune homme dans le générique. Je finis par le découvrir, en caractères minuscules. Je le prononçai à voix haute :

— Damien.

J'eus un frisson et refermai l'ordinateur. Je me levai pour rendre sa place à Jérôme. Il répéta d'un ton ironique :

— Damien…

Paris. 23 juin. 11 heures.

Je trouvai devant ma porte une grande enveloppe qu'un coursier avait déposée. À l'intérieur, il y avait une affichette représentant l'ange doré, sur scène, les bras en croix. Le spectacle terminait sa tournée le lendemain dans le parc du château de Versailles.

Il y avait aussi un carton d'invitation à mon nom. J'appelai Jérôme, persuadée qu'il était l'auteur de cet envoi. Il resta injoignable toute la journée.

Je n'étais pas vraiment surprise. Ma vie, malgré mon désir de rationalité, avait toujours été faite de rencontres fortuites, de coïncidences, de destins qui se croisent, de rendez-vous inattendus. Voir Damien le lendemain me semblait aller de soi.

Après avoir quitté Jérôme, j'avais marché dans les rues. Des images anciennes m'étaient revenues à l'esprit, comme si, encore assise à son bureau, je pouvais les faire défiler sur son ordinateur.

Il n'y avait pas de hasard ; la beauté de Damien m'avait fait retrouver mes premières sensations d'adolescente devant les œuvres d'art. Elles étaient toutes là, présentes, ces images qui m'avaient émue, découvertes dans des livres, contemplées dans des musées.

Je pensai à ce tableau qui décrivait le moment où le centurion dirigeant la garde romaine transperce avec sa lance le flanc droit du Christ sur la croix. De la plaie sortaient de l'eau et du sang qui, tombant sur les yeux du soldat, lui rendaient la vue.

Il y avait, dans ma mémoire, autour du sang du Christ, un flux continu de reliques et de légendes. Je me laissai emporter.

La sainte lance était l'une d'elles, assez semblable au Graal, de même que le récipient où le soldat avait recueilli le sang de la Nouvelle Alliance. La pointe de cette lance ne cessait jamais de saigner.

Tout à coup, avec netteté, comme derrière une loupe, m'apparut le Christ mort de Mantegna, allongé, écrasé, le corps raccourci par la perspective. Je le voyais et, pour la première fois, j'en découvrais le sens. Subitement, pour moi, tout devenait clair.

Je regardais les plaies aux pieds, aux mains, puis je tirais le fil des images. Une autre avait déjà surgi. C'était, cette fois, le saint Sébastien attaché à la colonne et percé de flèches. J'eus l'impression d'être arrivée au bout de mon voyage, d'avoir retrouvé Damien, du moins celui qui existait en moi depuis toujours. C'était lui.

Enfant, dans la grande galerie du Louvre, il m'avait particulièrement troublée. Je pensais, à l'époque, que c'était le Christ lui-même ;

j'étais fascinée et son souvenir me poursuivit longtemps. Ensuite, je m'étais tant de fois tenue immobile, seule, face à cette image, essayant de comprendre les raisons du trouble qu'elle provoquait en moi.

Cette fine musculature, prise dans un mouvement que l'on pouvait croire dansé. Bataille sans merci, à la fois dans ce corps et dans mon imagination d'adolescente. D'un côté, une innocente nonchalance du saint, une sorte d'abandon entre les mains de la divinité et du martyre dont la gloire lui est offerte ; de l'autre, une indicible soif de souffrance, une invitation lancée à la douleur, le désir qu'elle s'inscrive dans cette peau laiteuse et blême.

Je ne pouvais m'empêcher de percevoir dans la sublime beauté de ce corps et de ce qui l'entourait la célébration d'une jouissance secrète qui le rendait à peine regardable, comme si les flèches qui traversaient cette chair translucide étaient les messagères de mes fantasmes.

J'avais du mal à laisser mon regard posé sur ce qui m'apparaissait comme une sourde violence érotique, une impudeur dans la béatitude. Je restais silencieuse face à la douceur avec laquelle le saint accueillait les blessures, impassible, insensible à la vue du sang qui les accompagnait.

Je reconnus, dans cette réminiscence, mon émotion à la fois amoureuse et mystique. Elle était encore confuse, indistincte, mais je commençais à la reconstituer comme un puzzle, à trouver le lien qui unissait deux représentations aussi opposées que celles de la mort, de la torture, du sacrifice et, de l'autre côté, les accompagnant, de la beauté et d'une volupté passant par ces déchirements de la chair et ce ruissellement du sang.

Versailles. 24 juin. 20 h 30.

Damien était maquillé, prêt à entrer en scène. C'était sa dernière représentation. Il était nostalgique, déjà, de cette aventure qui l'avait emmené dans des lieux somptueux, et de la magie que sa performance transmettait au public.

Il avait décidé de quitter cela le soir même. Il se retirait désormais, pour retrouver sa vie d'avant.

Tout en s'étirant, il repensait à la proposition que Roland, le chorégraphe, lui avait faite, six mois auparavant. Étrangement, il avait accepté sans hésiter. Avait-il eu un pressentiment ? Maintenant, il était temps de quitter la troupe. Le spectacle commençait dans une demi-heure. Il continua à s'échauffer.

Versailles. 24 juin. 20 h 30.

En arrivant dans le parc, je regardai sur le carton d'invitation la photographie de Damien les bras en croix. Je n'avais cessé de parler de mon ange doré à tout mon entourage.

Mes amis en avaient déduit qu'il s'agissait d'un simple coup de foudre. J'avais essayé de leur expliquer certains aspects, mais il n'en restait pas moins qu'à leurs yeux j'étais tombée amoureuse de cet inconnu.

Un coup de foudre, peut-être, mais pas comme les autres. J'étais dans une période douloureuse de ma vie ; il s'agissait de retrouver une forme perdue de légèreté et d'insouciance.

Sans doute y avait-il, dans cette attraction, une part de folie. J'y voyais un message de l'autre monde, un signe divin.

Un ange serait venu du ciel me retrouver, abolissant la frontière entre le mal et le bien, la matière et l'esprit, entre notre monde qui n'était rien et l'autre, celui du bien, le seul véritable, mais qui n'était en rien incarné. Tout m'apparaissait de façon précise.

L'ange doré était le message plus que le messager, mais cela ne passait pas par des mots, ni par la musique, ni même par les signes. Ce message n'était pas un rêve, un fantasme. Il disait : arrêtez de rêver, réveillez-vous, regardez la réalité. Mais de quelle réalité s'agissait-il ?

Cela m'avait traversée sans que je me l'explique. J'étais touchée par sa grâce.

Perdue dans mes pensées, je marchais dans les allées du parc. Le soleil était sur le point de se coucher dans l'axe du Grand Canal. Je traversais les bosquets, m'arrêtais devant certaines statues. Ce lieu me semblait hanté.

Seilhan. 23 juin. 19 heures.

Albert et Mary étaient exténués par le voyage, mais le contraste entre le confort de leur maison à San Francisco et l'austérité du monastère les perturbait tant qu'ils ne parvenaient pas à s'endormir. Assis sur le lit de leurs parents, ils n'arrêtaient pas de parler, survoltés.

Annah les emmena à la cuisine, leur servit un verre de lait et leur dit qu'il était temps d'aller se coucher.

En remontant vers leurs chambres respectives, ils commencèrent à se chamailler pour savoir qui allait s'installer dans celle qui possédait une cheminée en pierre surmontée d'un angelot.

Annah tira au sort. C'est Mary qui l'emporta. Albert fit la tête. Non seulement il voulait la chambre à l'angelot mais, surtout, il aurait préféré dormir avec sa sœur, comme en Amérique, pour pouvoir bavarder avec elle d'un lit à l'autre jusqu'à ce que le sommeil les emporte.

Annah finit par accepter. Elle déplaça, avec l'aide des deux enfants, le lit de la chambre mitoyenne. Ils se glissèrent sous les couvertures, leur mère les embrassa, éteignit la lumière du plafonnier. Elle alla rejoindre Werner qui remontait du laboratoire.

Il était ébloui par la qualité technique des installations. Il dit à sa femme combien il était impatient de commencer, de lui faire découvrir ces équipements. Il y avait là toute la technologie de pointe dont ils avaient toujours rêvé.

Cependant, elle était soucieuse. Comment les enfants allaient-ils s'adapter à leur nouvelle vie ? C'était surtout Albert qui la préoccupait. Mary était l'aînée d'un an, et la petite fille avait toujours été plus mature. C'était une enfant sage.

Albert, lui, était un petit garçon d'une sensibilité extrême. Il exprimait ses craintes par une hyperactivité, une curiosité de chaque instant. Il se passionnait aussi pour les travaux de son père et tenait, dans un grand cahier noir, le compte rendu des expériences que lui-même menait sur le cerveau de sa grande sœur. On y trouvait des croquis, des chiffres.

Et puis, Albert avait beaucoup d'amis aux États-Unis, alors que Mary était plus solitaire. Comment supporterait-il de vivre loin d'eux, auprès des moines et des autistes ?

Werner la prit dans ses bras et plaisanta en lui demandant si c'était le bon endroit pour jouer les mères juives. Il considérait que les enfants s'adaptaient plus facilement que les adultes et qu'au contraire, la nature et l'environnement étaient idéaux.

De plus, ils allaient, grâce aux frères, bénéficier d'un enseignement rare.

Enfin, Seilhan était quand même plus rassurant que San Francisco.

Tous ces arguments donnaient raison à Werner, mais Annah ne put s'empêcher de conclure qu'elle avait un mauvais pressentiment. Werner reprit :

— C'est peut-être simplement la fatigue. Nous aurions dû nous arrêter à Paris un jour ou deux. C'est ma faute, j'étais si impatient de découvrir notre laboratoire...

Annah lui dit que, dans le fond, ils seraient sûrement très heureux ici.

Ils repassèrent devant la chambre des enfants, qui dormaient profondément, puis descendirent rejoindre les frères au réfectoire.

Versailles. 24 juin. 20 h 45.

Je me laissais glisser dans le temps. Plus j'avançais, plus le parc me semblait désert. Je songeai à Miss Moberly et Miss Jourdain, les deux médiums qui avaient marché sous ces mêmes arbres en 1901. Je venais ici, comme elles, pour la première fois. J'avais l'impression d'être dans un rêve.

Croiserais-je bientôt moi aussi les deux hommes en habit vert avec leur tricorne, puis, sur le seuil du Petit Trianon, près du kiosque, la femme et la jeune fille aux cheveux châtains, vêtues comme au temps de Louis XVI, et cet homme drapé dans un grand manteau noir, arrivant sur la terrasse, cette femme au chapeau blanc et au fichu vert pâle ?

Les deux médiums savaient qu'elles avaient rencontré le fantôme de Marie-Antoinette, à l'endroit où elle s'était réfugiée le 10 août 1792, lors de la prise des Tuileries. Je m'attendais à me joindre à la mélancolie de cette souveraine, en cet instant où nos vies à l'une et l'autre basculaient.

Ce récit avait hanté mon enfance. C'est de lui que m'était venue l'intuition que le monde des vivants et celui des morts ne font qu'un, que l'on vit avec ses fantômes chevillés à l'âme, que la légèreté de nos vies prend fin au premier deuil, que la disparition des gens que l'on aime nous emporte avec eux. Damien était-il réellement vivant ? Et moi, l'étais-je encore ?

Malgré l'air particulièrement doux de cette belle fin de journée, le froid m'envahit. Ce n'était pas la peur qui me glaçait le sang ; c'était la compassion.

Les pierres avaient absorbé la présence de toutes ces âmes enfuies. La mort recouvrait tout, tel un hologramme.

Les statues qui m'entouraient avaient vu des siècles d'histoire, leurs yeux de marbre avaient observé des milliers de gens défiler, s'enivrant de leur présence, s'imprégnant de leurs ondes, de ces empreintes laissées dans la matière inerte qui me renvoyaient une émotion plus forte que la vie elle-même.

Comme si le temps n'avait pas de fin. Comme si, à travers ces sculptures, je pouvais revenir en arrière et marcher au milieu des fantômes échappant aux pierres qui les avaient gardés prisonniers.

Je posai ma main sur le granit et j'eus l'impression d'y laisser une part de ce que j'étais en train de vivre. Je rejoignais ainsi les deux Anglaises de Versailles dans l'immensité du temps.

Versailles. 24 juin. 21 heures.

Tout avait pris du retard pour cette ultime représentation. Roland était énervé, rien ne se passait comme prévu. Il s'approcha du jeune homme.

— Comment va cette tendinite ? Tu crois que tu y arriveras ?

Sans dire un mot, Damien exécuta un pas chassé qui rassura Roland.

— Il paraît que tu ne restes pas à la fête ? Tu es donc si pressé de retrouver les enfants et leurs problèmes ?

Damien lui répondit par un sourire approbateur.

Il s'était laissé convaincre par Roland de monter sur scène lors d'une de leurs rencontres. Le chorégraphe avait toujours été saisi par sa beauté, ses gestes, par cette manière unique de se déplacer dans l'air. Damien semblait, en marchant, ne jamais toucher le sol.

Il avait compris que ce serait un moyen de s'extraire de sa solitude, de lancer un défi à son destin.

La réflexion sur le monothéisme, exprimée avec une certaine profondeur, et les nombreux effets spéciaux mis au point par Roland, qui donnaient au projet un aspect magique, avaient fini par le décider.

Roland avait revisité l'ensemble des grands débats autour des dogmes chrétiens, des croyances considérées comme hérétiques, des conflits, des massacres qu'ils avaient engendrés.

Il pensait que ces vieilles querelles faisaient écho au monde qui était désormais le nôtre, marqué par le terrorisme, lequel créait de nouvelles frontières et avec elles de nouvelles raisons de se faire la guerre, en particulier dans le défi que représentait l'Islam pour l'Occident.

Le spectacle n'avait, en apparence, pas d'autre ambition que la beauté. Il s'agissait d'une approche sensible et poétique permettant au public de partager des émotions sans verbe ; juste de la musique, des images et de la danse.

Mais Damien savait que ce n'était qu'une façade derrière laquelle on pouvait deviner d'autres intentions, sans doute moins innocentes.

Il avait été séduit par cette démarche, mais il avait compris, peu à peu, que tout cela l'éloignait de sa vérité. Il était temps, pour lui, de retrouver sa vocation, de retourner auprès des siens.

Versailles. 24 juin. 21 h 15.

Je m'étais perdue dans mes rêves, j'étais en retard. Au loin, des spectateurs bavardaient près des gradins. Je compris que la représentation n'avait pas encore commencé et me laissai bercer par la tiédeur de cette soirée. Pour la première fois depuis des mois, je retrouvais ma légèreté.

Je pris encore quelques instants pour tourner autour de la statue de Diane chasseresse. Actéon venait de surprendre la déesse, nue, pendant le bain. Pour le punir, elle lui enleva la parole, le transformant en cerf. Il ne pourrait plus dire ce qu'il avait osé voir.

Cette statue, le mythe de cette déesse de la chasse me procurèrent d'étranges sensations, comme s'ils me rapprochaient d'une vérité initiatique. J'eus soudain la certitude que la morale de cette légende était limpide, que toute parole était vaine, que c'était par les mots que le malheur s'infiltrait dans nos vies. Les spectateurs s'installaient au pied de la scène ; je pressai le pas.

Seilhan. 23 juin. 20 heures.

Des chants remontaient du monastère, face au laboratoire. Werner et Annah traversèrent le jardin. Les bosquets parfaitement taillés, les fleurs multicolores et les arbres donnaient au lieu une sérénité intemporelle. On se trouvait hors du monde, dans un ailleurs où rien ne bouge.

Les moines, la tête recouverte d'une capuche, marchaient en procession lente vers le grand réfectoire. Leurs chants grégoriens semblaient venir du ciel.

Les deux savants étaient émus par tant de beauté. Ils se disaient, en regardant les moines, que ce lieu magique, unique, était le seul où ils pourraient découvrir ce qu'ils cherchaient. Ils suivirent les frères dans une immense pièce nue sous une voûte romane.

Une grande croix en bois d'ébène était accrochée au mur. Trois longues tables avaient été installées en U, chacune longée par un seul banc ; à l'une des extrémités, il y avait une très haute chaise, sur laquelle on se hissait à l'aide d'un escabeau de bibliothèque.

Les moines, revêtus d'une robe blanche descendant aux chevilles, étaient chaussés de sandales à lanières de cuir. Une cape, blanche elle aussi, posée sur leurs épaules, se terminait par une capuche qui dissimulait leur visage ; on devinait, parfois, un profil.

Werner et Annah avaient pourtant le sentiment de pouvoir reconnaître chacun d'entre eux, tant leurs postures, leurs façons de marcher les distinguaient. Ils s'installèrent sur les bancs selon un rituel immuable respectant l'ordre hiérarchique.

Les assiettes, les gobelets d'étain et les couverts semblaient se trouver là depuis des siècles. Le repas était rythmé par la lecture. Un frère était monté sur la chaise haute et avait commencé à égrener des versets quand Werner et Annah s'étaient approchés des places qu'on leur avait réservées au milieu de la table centrale, de part et d'autre du frère Constantin.

Ce dernier fit taire le lecteur et prit la parole, adressant aux deux savants un message d'accueil chaleureux, leur disant à nouveau combien la communauté était heureuse de les recevoir, de participer par la prière à leurs travaux, qui pouvaient changer le sort de l'humanité.

Puis, après avoir situé en quelques phrases les principaux enjeux de la confrérie, il se lança dans la présentation de chaque frère, qu'il désigna par son prénom. Ils inclinèrent tous la tête. Werner se dit qu'il les découvrirait avec le temps.

La lecture reprit. Annah reconnut des versets, en latin, de l'Épître aux Corinthiens, guettant le moindre mouvement chez l'un d'entre eux. Mais ils restèrent le visage baissé, mangeant en silence. On sentait qu'ils obéissaient à une règle sans faille. L'attitude de Constantin leur apparut tout à coup tellement plus humaine.

Versailles. 24 juin. 21 h 30.

Quand le spectacle commença, mon cœur battait si fort que j'avais du mal à entendre la musique. J'avais lu dans le programme que l'ange doré n'apparaissait qu'au premier tableau.

Je retrouvais dans ses gestes, dans sa grâce magique, dans les mouvements de son visage, la même émotion qu'au cimetière de Jérusalem, ou sur la vidéo que j'avais vue chez Jérôme. Je regardai, il n'avait pas de plaie au côté.

Je priais pour pouvoir enfin le rencontrer dans sa loge, mais en même temps je ne m'imaginais pas rejoignant les coulisses. Je me laissai entraîner par la beauté des autres tableaux.

L'un d'eux mettait en scène Moïse répandant le sang sur son peuple pour sceller l'Alliance, celle dont le Christ avait dit que son propre sang la renouvelait.

Rien de ce que je voyais ne semblait réel. Tout contribuait à donner aux spectateurs une sensation d'illusion, leur faisait sentir que le monde n'a pas eu lieu.

Alors que les applaudissements retentissaient, je restai partagée entre le désir impérieux de rencontrer Damien et la peur d'être déçue.

Je m'approchai des coulisses. Il avait déjà filé. Je l'appris par Roland, qui vint à ma rencontre. Comment savait-il qui j'étais ? Mon esprit était ailleurs. J'étais à la fois triste et soulagée ; après tout, je ne lui aurais peut-être pas plu. Roland fit comme s'il ne remarquait rien et lança la conversation sur le spectacle.

Il me parla avec une intensité particulière de la signification des effets visuels, de la lumière, des projections sur l'écran du fond. Pour lui, c'était une transposition des miracles tels que la foi peut en créer ou tels qu'elle y faire croire.

Damien était-il un miracle ? Allais-je seulement le revoir un jour ?

Tout retombait, mon souffle, mon attente vaine, la peur qu'il m'échappe à jamais. Je fis part à Roland de mon sentiment sur l'effet d'illusion que produisait ce ballet, qui coïncidait si bien avec ce que j'éprouvais depuis peu. Roland me répondit qu'à ses yeux l'illusion était la seule réalité.

Il me regardait fixement comme s'il tentait de lire dans mes pensées le véritable but de ma présence. Je lui demandai :

— Pourquoi Damien est-il parti si vite ?

Après un moment de flottement, il me dit, en croisant les mains :

— Damien n'a rien à voir avec le milieu de la danse. Il vit très retiré.

Je m'étonnai qu'un être aussi timide puisse s'exposer, presque nu, devant des milliers de personnes. Roland soutint que c'était cela, la transcendance. Il lui avait accordé sa confiance, ce qui l'avait aidé à surmonter une partie de ses peurs.

J'étais heureuse d'écouter quelqu'un qui le connaissait. J'avais enfin la sensation de saisir quelque chose de lui. Je repris :

— Comment l'avez-vous rencontré ?

— Un ami qui le côtoyait depuis l'adolescence me l'a présenté. Je cherchais celui qui pourrait incarner Adam, mais je ne trouvais pas cette innocence, l'impression d'un corps qui n'a rien vécu. Ce côté à la fois juvénile et torturé.

Roland l'avait persuadé de le rejoindre. Il s'agissait, au départ, de quelques représentations dans le cadre du Festival de Barcelone. Lorsque le spectacle devint un succès international, Damien accepta de suivre la troupe à travers le monde.

Tandis qu'il parlait, je me disais qu'il donnait beaucoup de détails sans véritable raison. Je restai muette à l'observer durant le reste de la conversation. J'étais de plus en plus triste du départ de Damien et me demandai, de façon irrationnelle, s'il avait pu savoir que j'étais là, que je désirais plus que tout le rencontrer.

Seilhan. 24 juin. 21 h 30.

Depuis son arrivée au monastère, Werner Richardson avait du mal à dormir. Peut-être était-ce un effet du décalage horaire, mais surtout il sentait qu'il avait peu de temps devant lui ; il croyait voir chaque minute fuir, s'écouler dans le sablier. Il avait tellement préparé ce moment, il y avait tellement pensé, depuis des années. Il était impatient de commencer ses travaux. Il était comme électrisé.

Le laboratoire aménagé au rez-de-chaussée, sous leur appartement, était parfait. Le premier jour, Werner, en remontant dans sa chambre, avait envoyé un message de remerciement à ceux qui finançaient ses projets.

Il avait eu, après le dîner de la veille, une conversation sur les neurosciences avec le frère Constantin. Ils entretenaient, depuis deux ans, une longue correspondance. Le moine lui posait des questions à propos de ses recherches sur le cerveau. En retour, il lui enseignait une certaine pensée religieuse héritée de l'hérésie cathare et d'une autre, plus ancienne, celle des gnostiques.

Ce soir, le frère Constantin lui avait rendu visite au laboratoire, et ils avaient discuté des recherches récentes en linguistique. C'était une des spécialités du frère. Werner avait pris des notes, puis il avait demandé quand il lui serait possible de rencontrer les enfants autistes hébergés dans le monastère.

— Dès demain matin, lui répondit-il. Damien sera de retour. C'est mieux comme ça.

Werner, rassuré, était monté rejoindre Annah et les enfants.

Il réussit finalement à trouver le sommeil.

Paris. 24 juin. 23 h 30.

De retour chez moi, je repensai avec tristesse aux heures durant lesquelles j'avais été hantée par la scène vécue à Jérusalem, en me disant que c'était là et pas ailleurs, dans cette brèche creusée par notre rencontre à l'intérieur de l'espace et du temps.

Le revoir à Versailles n'aurait sans doute pas eu la même intensité, peut-être aurait-il été pour moi un inconnu, un autre Damien, le vrai étant celui qui m'était apparu après que le rayon eut frappé la coupole d'al-Aqsa et que mon corps eut été traversé, comme soulevé par l'émotion.

Je finissais par me demander si c'était lui qui l'avait provoquée ou s'il ne s'agissait pas d'une révélation, d'un frôlement avec le divin.

Je repensai à ce que j'avais vécu ces dernières années, cet enchaînement de deuils. Je n'avais plus personne à qui parler. Tous mes amours, tous mes proches avaient disparu. Nos conversations, nos rires résonnaient dans ma mémoire, et me plongeaient dans une mélancolie sans fond. Il ne s'agissait peut-être que de cela, de ce fil interrompu que Damien m'aidait à renouer.

Seilhan. 25 juin. 9 heures.

Damien était de retour. Il attendait le professeur Richardson dans le jardin qui jouxtait le bâtiment nord de Seilhan, où vivaient les enfants autistes. Il était sorti en frappant deux fois dans ses mains et les enfants l'avaient suivi, en rang, deux par deux, en frappant eux aussi dans leurs mains à deux reprises, comme pour lui répondre.

Il était seul, ce jour-là, pour s'occuper des enfants. Les autres éducateurs étaient absents. Ils étaient bénévoles et travaillaient aussi à l'atelier de menuiserie à la sortie de la forêt. Un accord entre l'entreprise et le centre, financé par une fondation privée, leur permettait de consacrer un mi-temps à la garde de ces enfants.

Le petit François était particulièrement fébrile et agité. C'était peut-être l'émotion de retrouver Damien après une aussi longue absence. L'enfant marchait rapidement, courbé vers l'avant, puis, s'étant brusquement arrêté, il se mit à trembler.

À douze ans, François était le plus ancien dans le centre. Il avait révélé, un jour, un don de sourcier. Mais il n'utilisait aucun autre instrument que son propre corps pour trouver de l'eau. Dès qu'il sentait une source ou une nappe phréatique, ses membres commençaient à vibrer.

François était assez fier de ce don qui faisait l'admiration de tous. Il avait creusé un réseau d'irrigation à partir d'une source qu'il avait dénichée, l'amenant jusqu'à une bande de terre qu'il avait aménagée lui-même autour de l'abbaye, où l'on avait planté un potager.

Il ne flairait pas uniquement l'eau, il sentait les présences. Il savait que le professeur Richardson était là pour s'occuper d'eux, ce qui avait sans doute aussi suscité sa fébrilité.

Werner, accompagné du frère Constantin, avait assisté à la scène. Il se dirigea vers Damien pour le saluer. Le jeune homme fit un pas en arrière. Le professeur comprit que lui serrer la main devant les enfants autistes n'était pas une bonne idée. Il fit un signe de la tête, Damien lui répondit de la même façon.

Paris. 25 juin. 9 heures.

À mon réveil, on m'apporta un mot de Roland. Il souhaitait me revoir, me reparler de Damien. Il ne m'avait pas dit l'essentiel. Je n'eus même pas l'idée de me demander comment il avait eu mon adresse, si c'était lui qui m'avait envoyé l'invitation, la veille.

Il m'impressionnait. Une force singulière se dégageait de lui. Il semblait habité. Jérôme m'appela alors que je finissais de lire son mot. Je lui racontai tout. Il sembla à peine étonné. Il connaissait Roland depuis de nombreuses années ; il me confirma que je pouvais me rendre à ce rendez-vous en toute confiance.

L'après-midi même, je retrouvai Roland. J'étais en train d'arriver lorsque je l'aperçus, de dos, sur le trottoir devant l'entrée du café où il m'avait donné rendez-vous.

Je reconnus sa stature et devinai l'amorce de sa petite barbe. Quand je vis de la fumée au-dessus de lui je compris pourquoi il m'attendait dehors. Il tourna la tête et je vis qu'il fumait la pipe, ce qui me fit un curieux effet, comme si son collier de barbe, sa pipe et ses longs cheveux bouclés étaient des accessoires de scène. Pourtant, tout cela était bien lui et cadrait parfaitement avec le personnage flamboyant et charismatique évoqué par Jérôme.

Il m'invita à entrer. Nous nous assîmes face à face dans ce petit café, reparlant du spectacle et de Damien. J'espérais en apprendre un peu plus mais il dévia insensiblement, sans que j'en comprenne le motif, sur le récit d'une épopée qui retraçait la croisade contre les Albigeois et le massacre des Cathares.

Il semblait passionné par cet épisode de l'histoire de l'Église. Je lui demandai si le spectacle avait un lien avec les croyances cathares, tout en m'interrogeant, sans oser formuler ma question, sur la présence de Damien dans cette aventure. Il me regarda en plissant ses yeux d'un bleu intense.

— Vous allez trop vite. Laissez-moi du temps, c'est assez complexe.

Il reprit sa pipe, sans l'allumer, un peu énervé par mes questions. Je lui proposai de sortir un instant, sentant à quel point son besoin de fumer était devenu impérieux. Une fois dehors, il l'alluma, soulagé, et se lança dans un exposé sur les Cathares.

Plus je l'écoutais, plus j'avais le sentiment de m'approcher d'une révélation, du secret de ma vision première de l'ange. Mais je n'étais pas sûre d'avoir envie de l'entendre.

— Pour les Cathares, me dit-il, le monde est une illusion.

La source de cette croyance était logique. Par définition, Dieu est éternel. Il n'a ni début ni fin. Or, le monde et tout ce qu'il contient, y compris nous, a eu un début et aura une fin. Donc, la substance de Dieu et celle du monde sont opposées.

Cette idée avait déjà créé de violents conflits durant les premiers siècles du christianisme, entre les fondateurs de l'Église et ceux qui furent désignés comme hérétiques.

La question qui se posait à eux était la même : Dieu et Jésus étaient-ils de la même substance ? Jésus, même ressuscité, avait, pour s'incarner, un début, sa naissance, et une fin, sa mort sur la croix.

La croyance selon laquelle Dieu serait d'une nature contraire à celle du monde dans lequel nous vivons fit son chemin, au cours des siècles, jusqu'aux Cathares, qui proposèrent une conception encore plus radicale.

Pour eux, il y avait une séparation complète : d'un côté le bien et de l'autre le mal. Le bien, c'était Dieu. Le mal, c'était le monde. Dieu et son œuvre ne peuvent qu'avoir la même caractéristique ; ils ne peuvent qu'être éternels et parfaits, sans aucun mélange possible avec quelque inachèvement que ce soit. Tout ce qui est imparfait est donc du rien, du *nihil* : il n'est pas l'œuvre de Dieu, Dieu ne peut l'avoir créé.

Ainsi, notre monde, marqué par ces imperfections que sont la naissance et la mort, est la création du mal. Il est dans le néant.

Mais il voudrait imiter Dieu. Pour ce faire, il doit attirer les esprits célestes, les anges, et les détourner de leur nature divine.

Tout en me parlant, Roland s'échauffait. Ses phrases devenaient de plus en plus courtes et précises. Ses idées se bousculaient. Il commençait par l'une, enchaînait sur l'autre, son raisonnement devenait incompréhensible et angoissant.

Je finis par l'interrompre en lui disant que j'avais perdu le fil, qu'il était trop brillant pour moi qui connaissais si peu de chose sur l'histoire du christianisme.

Mais il ne pouvait plus s'arrêter.

— Le mal, poursuivit-il, va donc attirer ces esprits, qui sont l'œuvre de Dieu, soit par la force, soit par la séduction, pour les faire tomber dans un piège, celui de l'existence, car, selon les Cathares, il n'y a d'existence terrestre que par opposition à la création divine.

Tout ce qui existe, le monde dans lequel nous sommes, tous les êtres que nous sommes, ces corps charnels que nous habitons étaient l'œuvre de Satan. C'était une création imparfaite et corruptible.

Je n'entendais plus son discours sans fin. J'essayai de comprendre pourquoi il me parlait de ces choses. Où voulait-il en venir ? J'entendis le mot *fin* et me dis qu'il allait arriver à sa conclusion.

— Il y a donc une fin, reprit-il en me regardant fixement, et cette fin, c'est quand le mal s'étend à l'ensemble de la Création. C'est à ce moment-là que l'esprit, cette petite parcelle en nous de l'essence divine, parvient à échapper à sa prison charnelle et s'élève vers les autres. Le mal, dans ces conditions, perd son pouvoir et les avantages de son mélange. Il redevient néant. Le mal triomphe dans le temps, c'est toute l'histoire de notre monde, mais lorsqu'il finit par s'accomplir, il est, dans l'éternité, perdu à jamais. C'est la raison pour laquelle le monde n'est qu'une illusion destinée à disparaître au jour du Jugement dernier.

Je me demandais au nom de quoi les hommes et les femmes dont il me parlait avec tant de ferveur avaient été jugés pour leurs croyances hérétiques, puis massacrés. Il devait lire dans mes pensées, car il enchaîna :

— Pour les Cathares, le Christ n'est pas une incarnation, il n'est qu'un messager. Marie ne l'a pas enfanté, il n'a pas été soumis à la tentation. Ils n'ont pas la même conception de l'enfer et du paradis que l'Église. C'est pourquoi ils représentent l'hérésie la plus dangereuse qui soit pour l'institution catholique, sans compter qu'ils s'attaquent aux fondements de son pouvoir et de sa richesse. Or, la clarté de l'opposition qu'ils établissent entre le bien et le mal a particulièrement séduit les foules…

L'expression de son visage m'inquiétait de plus en plus. Ses traits se modifiaient, ses lèvres se tordaient légèrement. Je pris un air à la fois las et détaché et lui demandai :

— Comment en sommes-nous venus à parler de tout ça ?

— Pardon. Je croyais que vous vouliez savoir comment j'avais rencontré Damien. En fait, je pensais que vous vous intéressiez à lui et que vous vouliez en savoir davantage.

Il s'était repris et avait prononcé ces paroles de façon calme et pondérée. Je ne comprenais pas le rapport avec Damien et ne voulais surtout pas le relancer avec la question qui me brûlait les lèvres.

Il m'apparaissait tout à coup comme une sorte de diable. Ses derniers mots m'avaient renvoyée à ce qu'il avait dit sur les anges. Mais il était allé trop vite pour que je comprenne.

Je regardai ma montre et lui dis que j'avais un rendez-vous. Je le remerciai, tout en lui promettant de reprendre contact avec lui s'il restait à Paris quelque temps.

Le mot *ange* résonnait dans ma tête.

J'en étais sûre désormais, Damien était l'un d'eux.

Seilhan. 26 juin. 8 h 30.

La Mercedes noire avait déposé John Winslett et Véra Stepanova à l'orée de la forêt. John avait demandé au chauffeur de les attendre, portable ouvert. Il était le fondé de pouvoir de

Steve Hughes, propriétaire et président de la société Health International Company, un des plus importants laboratoires au monde, bien plus avancé que ses concurrents dans la recherche sur le cerveau et le traitement de la maladie d'Alzheimer. Véra était le conseil juridique de la société.

John n'avait pas l'habitude de marcher. Il arriva devant le monastère en s'épongeant le front. Véra portait une grosse serviette contenant les dix exemplaires de la dernière version du contrat qui allait lier le professeur Werner Richardson à la H.I.C.

On les installa autour de la table ronde aménagée dans le bureau des appartements privés du professeur, qui ne tarda pas à entrer, accompagné du frère Constantin.

Véra soumit au professeur quelques modifications de dernière minute qu'elle rédigea à la main. La durée du contrat était ramenée de six à trois ans. Mais le montant de l'accord financier restait inchangé. Le laboratoire était pressé par la concurrence, qui travaillait dans la même direction.

— Je serais étonné qu'ils arrivent à quoi que ce soit, dit Werner, persuadé que ses hypothèses de travail étaient si singulières, si folles, que personne en dehors de lui ne pouvait avoir convaincu des entreprises ou des institutions sérieuses d'investir dans ce type de recherche.

D'autre part, sa principale source d'inspiration se trouvait entre ces murs et il était plus qu'improbable qu'une autre équipe de recherche eût la même idée. Selon lui, hors de ce cadre on n'avait aucune chance de trouver.

Il hésitait à s'engager pour trois ans seulement ; c'était très court pour une telle découverte. Mais il sentait, depuis son arrivée, qu'il y avait un véritable souffle dans ce lieu, quelque chose d'unique, comme un mystère divin, qui lui permettrait d'accomplir lui aussi des miracles.

Il regarda Annah, qui les avait rejoints, et observa par la fenêtre ses enfants qui jouaient dans le jardin. Les inquiétudes d'Annah commençaient à le contaminer. Il craignait de les déraciner.

Même s'ils parlaient tous deux le français, l'austérité qu'ils allaient trouver dans la discipline d'un collège tenu par des moines les changerait de leur vie à San Francisco. Ils allaient devoir retrouver leurs marques dans cette atmosphère rigide. Alors, au fond, trois ans, c'était déjà long.

Werner signa sans discuter les dix exemplaires posés devant lui, que John parapha à son tour. Lorsqu'ils eurent terminé, Véra transmit à John un autre petit dossier, que le fondé de pouvoir leur présenta.

— Cher professeur, notre président, Steve Hughes, est particulièrement conscient de l'importance, pour l'humanité, de vos recherches. Il sait à quel point il est essentiel, si l'on veut qu'un tel projet aboutisse, de créer les conditions les plus favorables pour ceux qui ont accepté de s'y soumettre. C'est pourquoi il m'a demandé, dans la mesure où vous acceptez nos conditions, de remettre au frère Constantin un chèque d'un million de dollars pour la fondation qui s'occupe des enfants autistes.

Il fit passer le dossier, dans un étui en cuir rouge, au frère Constantin, qui l'ouvrit, en sortit un chèque, qu'il contempla un moment avant de le montrer à Werner et Annah. Il y eut, autour de la table, une certaine émotion. Chacun avait le sentiment de vivre un moment solennel.

Paris. 26 juin. 6 h 30.

J'avais perdu le sommeil. Les images de Damien ne me quittaient plus. Ce que j'avais vu, entendu depuis cinq jours se fracassait dans ma tête. Tout semblait flou. Une seule pensée m'apparaissait avec netteté : je devais retrouver Damien.

Je jetai quelques affaires dans mon sac et sortis. Les rues étaient désertes. Je marchai le long des quais, je m'assis sur un banc et fermai les yeux. Une grande horloge m'apparut, puis des voies de chemin de fer, des lettres, des noms.

C'était une succession d'images en noir et blanc. Des bruits, des rires d'enfants, des sons de cloches. Un mot se détacha, ou plutôt quatre lettres : *a*, *l*, *b*, *i*.

Je me levai, attrapai un taxi et demandai au chauffeur de me déposer à la gare d'Austerlitz. C'était comme un mécanisme d'horlogerie dont les pièces se mettaient au fur et à mesure en place. Mais le principal rouage manquait : où se trouvait Damien ? Allais-je enfin comprendre ?

Je me disais que j'étais folle, que tout cela n'avait aucun sens, qu'il ne pouvait y avoir de message pour moi dans ce nom, Albi.

Mais, pour la première fois depuis longtemps, je me sentais revivre. Il fallait qu'il m'arrive quelque chose, peu importe si tout cela n'était que le fruit de mon imagination ; il était trop tard, c'était devenu une question de vie ou de mort. Damien, lui, était-il mortel ? Le premier train qui desservait Albi partait à 8 h 20, je n'avais plus longtemps à attendre.

Durant le trajet, m'étant isolée, je repassai dans ma mémoire tous les épisodes qui avaient bouleversé ma vie. Fallait-il rappeler Roland ? Poursuivre notre discussion ? Je n'en avais pas envie. Je me persuadai que cette rencontre avec l'ange était une sorte de révélation mystique et que la voix qui, par instants, me parlait me conduirait jusqu'à lui.

Cette idée me semblait absurde et, en même temps, logique. Roland m'avait parlé de l'hérésie cathare à propos de sa rencontre avec Damien. J'étais donc montée machinalement dans le train qui desservait Albi, ville qui était au cœur de ce courant religieux, puisqu'elle fut le théâtre du massacre qu'on appela la croisade des Albigeois.

C'était ma première intuition, mais, même si elle était juste, comment deviner où se trouvait l'ange que je cherchais ? Dans une zone que j'étais incapable de deviner ? En moi ? Dans mon inconscient ? Si je ne trouvais pas, j'appellerais Roland, mais cette perspective me décourageait.

Je repensai aux fantômes de Versailles. Il me semblait que, depuis Jérusalem, une sorte de pouvoir médiumnique était apparue en moi, et qu'en marchant dans les rues d'Albi, j'aurais, comme à Versailles, une manifestation, je découvrirais un signe enregistré, quelque part dans les pierres.

J'étais en train de me torturer l'esprit comme pour me faire avouer un secret, lorsque la fatigue m'envahit. Je luttai contre le sommeil. Il n'était pas question de dormir. Il me fallait un café pour tenir et continuer à chercher. Je me dirigeai vers la voiture-bar.

J'avançai dans le couloir en essayant de ne pas tomber, prenant appui sur le dos des sièges et les portes des compartiments. Arrivée au bar, je commandai un café et jetai un coup d'œil aux voyageurs ensommeillés qui s'appuyaient sur les tables hautes.

C'est alors que j'aperçus deux silhouettes qui m'étaient familières. Les deux hommes se retournèrent. J'eus l'impression fugitive qu'ils m'avaient vue entrer et qu'ils avaient tenté de se dissimuler. Je pris mon café et le posai sur leur table.

— Eh bien ! On ne se quitte plus.

Jérôme et Benoît m'accueillirent avec un enthousiasme apparent mais sans parvenir à masquer leur gêne. Jérôme enchaîna :

— Le journal nous envoie pour un entretien avec une sommité américaine, un spécialiste du cerveau. Il est, paraît-il, un des favoris pour le prix Nobel et vient de s'installer dans le Sud de la France, du côté d'Albi. On doit le rencontrer demain matin. Mais vous… ?

Je ne m'étendis pas sur les raisons de ma présence ; je coupai court, prétextant qu'une obligation familiale me conduisait d'urgence près d'Albi. Ils se regardèrent sans dire un mot.

— Et vous allez dormir dans votre famille ?

— Justement, je me posais la question. Vous restez combien de temps ? Vous descendez dans quel hôtel ?

Jérôme sortit un papier de sa poche.

— Ça s'appelle… l'hôtel de la Maison Seilhan.

— Après tout… s'il y a une chambre disponible, je m'y installerais volontiers. Comme à Jérusalem !

— Avec joie ! dirent-ils en chœur, et Benoît téléphona pour réserver une chambre.

Nous restâmes ainsi tous les trois, silencieux, autour de la petite table, chacun perdu dans ses pensées. Je me disais que cela faisait beaucoup de coïncidences et que leur gêne, lorsque je m'étais approchée d'eux, était suspecte.

Je leur parlai du spectacle de Versailles, remerciant Jérôme de m'avoir permis de le découvrir.

— Votre ami Roland est passionnant.

— Oui, absolument, finit par dire Jérôme, qui n'avait visiblement aucune envie de s'étendre sur ce sujet.

À chaque fin de phrase, le silence retombait sur notre trio.

— Et le savant que vous allez interviewer, il a fait d'importantes découvertes ?

— Oui. C'est le spécialiste du cerveau émotionnel. Il y a deux ans, il a trouvé une piste déterminante dans la zone du langage. Je n'ai pas bien compris le dossier qu'on m'a remis, mais on va broder, le faire parler de sa famille, de sa jeunesse, ça va plaire aux lecteurs.

À l'instant où je les avais vus dans ce train, j'avais eu l'intuition d'avoir trouvé une clef pour revoir Damien. C'était une certitude, j'étais près du but. Ma tension se relâcha et je fus submergée par une fatigue qui semblait demeurer en moi depuis des siècles.

Je leur dis que j'allais me reposer et qu'on se retrouverait à la descente du train. Arrivée à ma place, je fermai les yeux.

Béziers. 22 juillet 1209.

La veille au crépuscule, les croisés avaient installé leur campement, encerclant la ville en état de siège. Son évêque, Renaud de Montpeyroux, fit une tentative désespérée de négociation.

Le légat du pape, Arnaud Amaury, qui menait la croisade contre les Cathares, avait exigé que les hérétiques lui soient livrés. On avait demandé à tous les catholiques de quitter la ville pour ne pas finir massacrés comme les hérétiques. La population avait refusé.

L'évêque revint du camp ennemi avec une proposition de compromis : la ville serait épargnée si les catholiques acceptaient de dénoncer eux-mêmes les hérétiques. L'offre fut rejetée. La résistance du peuple alla jusqu'au bout ; certains se sentirent si sûrs d'eux qu'ils vinrent provoquer les croisés. L'armée pénétra dans la ville, décidée au massacre.

Les croisés demandèrent alors à Arnaud Amaury comment faire pour distinguer les hérétiques des catholiques afin d'épargner ces derniers.

Je me vis apparaître, debout au milieu de la foule, et la réponse frappa mes oreilles comme le claquement d'un fouet :

— Tuez-les tous, Dieu reconnaîtra les siens.

Je marchai dans cette ville dévastée aux rues jonchées de cadavres et gagnée par les flammes.

Je me répétais sans cesse cette phrase : « La vengeance divine a fait merveille » en enjambant les corps décapités, lorsque, tout à coup, je le vis, étincelant au milieu des décombres. Damien. Je voulus l'appeler, mais il me fit signe, l'index sur la bouche, de le rejoindre, à un autre endroit, à un autre moment.

Seilhan. 27 juin. 9 h 30.

Le professeur avait décidé de recevoir les journalistes dans son bureau. Il n'avait pas envie de leur montrer le laboratoire. Werner se méfiait des journalistes. En fait, il ne les aimait pas.

Il avait demandé au frère Constantin de participer à l'entretien et, même s'il désirait protéger sa vie privée, Annah, Albert et Mary seraient également présents ; le photographe avait tellement insisté.

Werner accueillit Jérôme et Benoît, fit les présentations et leur proposa des sièges. Il leur annonça qu'il n'avait qu'une demi-heure à leur consacrer. Jérôme lui dit qu'il était conscient de l'honneur qu'il leur faisait en leur accordant cet entretien, lui qui en donnait si peu, et l'assura que son article ne serait pas publié sans lui avoir été soumis. Avant de lancer l'enregistrement, il lui demanda également de transmettre ses remerciements à John Winslett et Véra Stepanova, qui étaient déjà repartis. Grâce à eux ils avaient la joie de le rencontrer.

Il enclencha le magnétophone et posa une première question, qui portait sur la présence d'un professeur comme lui, nobélisable, directeur du plus important département mondial de recherche sur le cerveau, dans un lieu à ce point coupé du monde.

— Vous avez devant vous la personne qui en est la cause, répondit-il en désignant le frère Constantin. Lorsque j'ai publié, il y a deux ans, l'ouvrage où je rendais compte de mes recherches sur le rôle de la dopamine dans la transmission neuronale, qui m'avait été inspiré par la lecture de Spinoza, j'ai reçu une lettre du frère Constantin. Cette lettre m'a ouvert de nouveaux horizons. Nous avons entamé une correspondance qui a été, pour moi, tout à fait passionnante. Ses idées m'ont grandement aidé dans mon travail.

Jérôme l'interrogea sur les rapports qu'il pouvait y avoir entre un chercheur en neurosciences et un moine.

— Ce qui m'a intéressé au plus haut point dans les lettres du frère Constantin, c'est le domaine dans lequel il s'est spécialisé. Le frère est probablement la personne qui connaît le mieux l'histoire de l'Église, et particulièrement celle du rôle que jouèrent les hérésies dans son évolution.

Jérôme manifesta encore plus de surprise.

Werner n'avait visiblement pas envie de s'étendre sur le sujet. Il s'en sortit par une pirouette.

— Voyez-vous, cher monsieur, pour moi, les grands tournants de la science relèvent d'une démarche comparable à celle des hérésies à l'égard des dogmes religieux. Regardez le nombre de découvertes qui ont valu à leurs auteurs soit le bûcher soit le mépris. Le frère Constantin m'a initié. Il m'a montré l'extraordinaire bouillonnement d'idées qui a accompagné les débuts du christianisme. Je me suis dit : si tu veux aller plus loin, faire davantage avancer tes recherches, aider à modifier radicalement la perception que nous avons des phénomènes physiques, en particulier de ceux qu'on commence à découvrir dans notre cerveau, le chemin des hérétiques les plus radicaux te guidera dans tes travaux.

Jérôme eut l'intuition qu'il tenait un scoop.

— Je n'arrive pas à croire que les hérétiques et leurs croyances puissent servir de guide pour les recherches d'un scientifique aussi éminent que vous.

— Et pourtant, elle tourne, lui répondit Werner qui commençait, lui aussi, à s'échauffer. Je ne peux évidemment pas entrer dans les détails, cela pourrait lasser vos lecteurs et intéresser de trop près certains laboratoires concurrents de celui qui me soutient. Je peux juste vous dire que la direction dans laquelle je travaille concerne la zone du cerveau qui est le siège du langage et que mes investigations s'inscrivent dans un cadre théorique principalement inspiré, même si cela peut surprendre, par les croyances cathares.

— Quel rapport avec le fait que vous vous soyez installé dans ce lieu ?

— Un rapport indirect. Cet endroit a, bien sûr, une histoire : d'importants événements ont eu lieu dans toute cette région, en particulier la croisade des Albigeois. Et puis, nous sommes ici les invités d'une confrérie dont l'origine est liée à l'ordre dominicain, qui a joué à l'époque le rôle que vous savez.

— Vous voulez dire pendant l'Inquisition ?

— Oui. Mais nous nous éloignons de votre question. La véritable raison pour laquelle nous sommes ici est la présence de ce centre remarquable qui prend en charge des enfants autistes. Comme vous le savez peut-être, l'autisme est au cœur des recherches que nous menons depuis des années avec Annah, dont la sœur souffre d'un syndrome d'Asperger et n'a jamais pu être soignée.

Annah, lors de ses études, avait choisi sa spécialité, l'imagerie médicale, pour pouvoir partager la passion de Werner. Le couple avait fini par se passer de tout autre collaborateur ; ils avaient appris à travailler seuls.

Jérôme leur demanda si ce n'était pas un problème de se retrouver avec leurs deux enfants dans un pays qui n'était pas le leur, dans un lieu isolé, sans relation avec le monde extérieur.

Ils répondirent qu'ils parlaient souvent le français entre eux. Jérôme, qui jusque-là avait mené l'entretien en anglais, le termina en français, un peu soulagé.

Annah avait passé une partie de son enfance en France avant que ses parents ne décident d'émigrer aux États-Unis. Werner, qui avait appris le français au collège, s'était perfectionné avec l'aide de sa femme pour ses premiers travaux sur le cerveau émotionnel, où il réfutait certaines des thèses de Descartes, ce qui l'obligeait à le lire dans le texte.

Ils aimaient cette langue, la trouvaient à la fois rigoureuse et romantique. Leur idylle s'était nouée en français. À la naissance de Mary, puis d'Albert, ils avaient décidé de faire du français leur seconde langue maternelle. Aussi était-ce une chance pour eux d'être admis, à onze et douze ans, dans le collège de Seilhan.

— Nous n'avons besoin, Annah et moi, de personne. Nous disposons, grâce au laboratoire H.I.C., d'une installation de pointe et tous ses départements sont à notre service lorsqu'il s'agit de faire des opérations ou des analyses lourdes.

Jérôme se tourna vers les deux enfants pour leur demander ce qu'ils en pensaient. Ils trouvaient cette situation excitante, un peu comme dans le labyrinthe d'un jeu vidéo.

— En plus, ajouta Albert, nous allons apprendre le latin et le grec.

Jérôme demanda alors s'il était possible d'échanger quelques mots avec le frère Constantin. Il savait que la confrérie du Sang du Christ, bien qu'elle fût dans le monde, avait décidé de ne jamais apparaître dans la presse, de ne pas parler aux médias.

— Je ferai une exception en l'honneur de notre invité, dit le frère, à condition que vous ne citiez pas votre source et que vous ne précisiez pas la situation géographique du monastère. Cette confrérie a été fondée au XVIIe siècle. Elle a toujours gardé son histoire secrète et s'est tenue à l'écart des conflits, se consacrant exclusivement à l'enseignement et aux recherches théologiques.

Jérôme lui demanda si l'on pouvait faire des photographies de l'ensemble des bâtiments du monastère.

— C'est malheureusement impossible. Cet interdit est une de nos premières règles. C'est la raison pour laquelle nous sommes au milieu de la forêt, totalement inaccessibles. Je peux, en revanche, vous parler de la vocation de ces lieux. Les quatre bâtiments du monastère de

Seilhan ont chacun un rôle particulier. Celui dont vous apercevez l'entrée, en face, est le couvent où vivent les moines. À droite, c'est l'école, avec les dortoirs et les salles communes pour les élèves. Nous ne pouvons en accueillir que soixante-sept. Le bâtiment que vous devinez à gauche est occupé par le Centre international pour les enfants autistes. Nous ne pouvons en héberger que trente-six. De jeunes ouvriers s'en occupent, certains sont logés ici car ils font partie de la communauté.

— Pourquoi des ouvriers et pas du personnel médical ?

— Simplement parce que nous avons pu constater que les enfants se sentaient mieux avec ce groupe de jeunes gens et que de véritables liens affectifs s'étaient développés. Ce sont des bénévoles, vous savez, et les enfants sont heureux avec eux. Ils leur font faire des progrès spectaculaires. La seule difficulté est de ne jamais avoir recours au langage, car nous avons découvert, pour les cas dont nous nous occupons, que, contrairement à l'habitude, le silence est thérapeutique.

Werner intervint après avoir regardé sa montre :

— Oui, comme je vous l'ai dit, le langage est très important dans mes travaux mais, si vous lancez le frère Constantin sur la linguistique, nous serons encore là ce soir. Maintenant, je vous prie de nous excuser, nous allons devoir vous raccompagner jusqu'à la forêt.

Benoît fit des photos du groupe, puis ils descendirent par l'escalier extérieur. Jérôme fut intrigué par ce qu'on pouvait deviner à travers une petite lucarne.

— C'est votre laboratoire ? ne put-il s'empêcher de demander au professeur.

Werner posa la main sur l'épaule du journaliste avec un sourire et, tout en parlant de la douceur de l'air, il fit quelques pas avec eux pour les raccompagner.

Albi. 27 juin. 9 h 30.

Ma chambre de l'hôtel de la Maison Seilhan était vaste. Les meubles en bois sombre contrastaient avec le tissu clair, parsemé de fleurs rouges.

J'étais plongée dans un prospectus qui présentait l'histoire de l'hôtel.

Son nom venait du lieu qui le jouxtait, la Maison Seilhan où, en 1215, Pierre Seilhan avait reçu saint Dominique, que d'autres frères rejoignirent bientôt.

Avec eux, il créa la première communauté dominicaine, qui sera reconnue en 1217 comme l'ordre des Prêcheurs. Je descendis à l'accueil et demandai s'il était possible de visiter la Maison.

Le réceptionniste me répondit que des travaux de restauration, qui avaient duré quinze ans, en particulier pour refaire le plafond en bois peint avec des caissons, venaient de s'achever, mais que la Maison n'était pas encore ouverte au public. Cela dit, il voyait un moine s'y rendre tous les jours. Peut-être pourrait-il me recevoir.

Je tentai ma chance, et allai frapper à la lourde porte en ébène sculpté. Le Dominicain qui m'ouvrit me dit que les visites démarreraient dans un mois, qu'il faudrait revenir. J'essayai de lui faire sentir à quel point il était important pour moi de voir ce lieu. J'allai même jusqu'à lui dire que ma vie était en jeu, que je suivais aveuglément un chemin qui m'était inconnu et qui m'avait guidée jusque-là.

L'exaltation montait en moi ; mon cœur battait trop vite. Il fallait que je me calme afin qu'il ne me croie pas folle. Il me répondit, au contraire, avec une grande douceur, et m'ouvrit ce lieu historique. Je levai les yeux vers le plafond.

Albi. 21 février 1600.

Derrière l'une des portes, j'entendis des éclats de voix. Je l'ouvris et découvris l'oratoire. C'était une grande pièce en forme de croix avec ce plafond à la française que l'on voit dans les tableaux qui décrivent la création de l'ordre, et cette vierge à l'enfant polychrome qui garde l'entrée de la salle de l'Inquisition.

Assis autour d'une grande table, elle aussi en croix, épousant la forme de l'oratoire, des moines se disputaient avec une extrême véhémence.

Parmi eux, je reconnus Damien, qui tourna la tête au moment où j'entrai et me regarda fixement. Je savais qu'il me voyait et, en même temps, son regard me traversait comme si j'étais transparente.

Je compris que je ne pouvais lui parler, mais j'avais deviné que sa présence dans cet oratoire m'indiquait le chemin qui m'emmènerait jusqu'à lui, qui me révèlerait sa vérité.

Était-il un moine, un ange, un homme tout simplement ?

La dispute opposait deux groupes de dominicains, ceux qui souhaitaient rester au sein de l'Église et une minorité de frères dissidents qui remettaient en cause la bulle *Excommunicamus* par laquelle Grégoire IX avait, au XIIIe siècle, confié l'Inquisition à leur ordre, contredisant selon eux sa vocation première.

Damien affirma que saint Dominique n'avait jamais accepté d'utiliser d'autres armes que la parole pour convaincre les hérétiques de renoncer à leurs croyances et que ce n'était pas un hasard si le pape avait attendu sa mort pour promulguer cette bulle.

J'entendais enfin, pour la première fois, le son de sa voix. Elle était douce et cristalline. Mais était-ce vraiment lui ? Une capuche de bure lui recouvrait la tête. Seul son profil me semblait familier.

Damien évoqua l'institution de la torture et la condamnation de certains Dominicains dont tous se sentaient si proches, depuis Jérôme Savonarole, à la fois pendu et brûlé sur la place de la Seigneurie, à Florence, en 1498 jusqu'à Giordano Bruno, qui venait d'être brûlé à Rome, et dont l'âme l'avait visité la nuit dernière pour lui dire qu'il fallait que les frères abandonnent l'Inquisition, qu'elle était contraire à leur vocation. Je compris que c'était cette exécution qui avait déclenché leur affrontement.

Il fit, dans un silence glacé, un éloge des idées de Giordano Bruno sur l'infini et termina par une remise en cause des dogmes de l'Église. Les vues qu'il exposa rejoignaient la doctrine cathare sur l'impossibilité de connaître le monde du bien. Il termina par une violente diatribe contre les pratiques de l'Inquisition qui démontraient, selon lui, que les Cathares avaient raison de penser que notre monde était la création de Satan et que seul le mal pouvait y régner, y compris, ajouta-t-il, au sein de l'Église.

À ces mots, qui résonnèrent dans la pièce, la plupart des moines se levèrent, horrifiés, et sortirent en murmurant que le frère Damien avait perdu la tête.

Je restai immobile, terrifiée par les risques qu'il venait de prendre, par ce qui n'allait pas tarder à s'abattre sur lui. Je l'imaginai sur le bûcher, comme Giordano Bruno.

Je fis un pas vers lui. Je voulais de toutes mes forces le sauver, l'empêcher de se perdre dans cette lutte suicidaire.

Il se tourna à nouveau vers moi. Son visage était empreint d'une profonde sérénité, comme si sa colère avait été feinte. Il baissa les paupières, ce qui signifiait que je ne devais pas m'approcher de lui, qu'il ne fallait pas le toucher, et il reprit calmement la conversation avec les quelques moines restés dans la pièce.

Ils décidèrent de créer un nouvel ordre ; pouvait-on encore l'appeler dominicain ? Il reposerait sur la reconnaissance de leurs fautes à l'égard des hérétiques, en particulier des Cathares, dont ils souhaitaient reprendre en grande partie la doctrine.

Ils baptiseraient leur communauté la confrérie du Sang du Christ, peut-être pour conserver la mémoire des événements sanglants qui l'avaient fait naître. Ils choisirent de vivre dans la clandestinité totale, derrière une activité de façade conforme aux traditions dominicaines : l'enseignement.

Plus j'écoutais Damien, plus j'étais bouleversée, persuadée que ma vie était suspendue à la sienne.

Il me regarda quand il déclara que le mystère de la foi était dans l'amour. Ce discours s'adressait à moi, j'en avais la certitude. La façon dont il prononçait ces phrases ne pouvait pas mentir. Il m'aimait comme je l'aimais.

Albi. 27 juin. 14 heures.

Jérôme et Benoît repassèrent rapidement par l'hôtel de la Maison Seilhan. Ils demandèrent au réceptionniste si la jeune femme qui les accompagnait était dans sa chambre. Ils apprirent qu'elle s'était dirigée vers la Maison de l'ordre des Prêcheurs.

Ils n'avaient plus le temps de l'attendre. Leur train partait à 14 h 30. Ils ramassèrent leurs affaires et filèrent à la gare.

Benoît regrettait de ne pas avoir pu photographier Werner dans son laboratoire. C'eût été un scoop. Jérôme le rassura. Pour lui, l'événement était d'avoir un cliché de toute la famille. Ils regardèrent les photos sur l'écran de l'appareil. Le zoom leur permit d'apercevoir, par la fenêtre, à gauche, des enfants dans le jardin et, à droite, dans un coin de la pièce, le frère Constantin.

C'était parfait et sans doute une première, car le professeur ne se montrait jamais ; surtout en famille. Ce cliché méritait une double page. Pour le reste, ils avaient largement la matière d'un grand article. Mais ils n'avaient pas beaucoup de temps, le magazine devait sortir le lendemain. L'espace leur avait été réservé. Le bouclage était à 23 h 30. Ils posèrent leurs ordinateurs sur la tablette du wagon, et commencèrent, l'un à rédiger l'article, l'autre à composer les pages avec les photographies.

En arrivant, ils auraient le temps de passer à la rédaction pour déposer le reportage. De cette façon, si tout se passait bien, ils pourraient se rendre à la réunion mensuelle du Cercle.

Ils avaient trouvé ce vocable anodin pour désigner une communauté secrète dont ils étaient membres, sorte de franc-maçonnerie qui réunissait un nombre restreint d'adeptes choisis par cooptation.

Le principal critère pour être accepté dans ce club très fermé n'était pas la richesse ou le pouvoir mais l'influence. Il y avait des journalistes, mais aussi des personnalités de tous bords peu connues du public, des politiques, des écrivains et quelques religieux. Ils étaient les gardiens d'un dogme et des rituels qui le symbolisaient.

Le Cercle avait été formé en 1600 dans le Sud-Ouest de la France, au moment de la condamnation au bûcher de Giordano Bruno. Le sort réservé à celui-ci, conséquence de l'influence qu'il exerçait sur les théologiens, avait déclenché une véritable crise au sein de l'ordre dominicain.

Des frères dissidents avaient pris le large, convaincus que seule la doctrine cathare permettait de comprendre la violence qui se déchaînait autour d'eux. Le bien, partout, était persécuté. Le monde ne pouvait qu'être l'œuvre de Satan.

Deux groupes étaient nés de cette révolte, dont le but commun était le triomphe final du bien sur le mal. Mais ils s'opposaient sur la façon d'y arriver, les uns pensant que l'âme relève du bien, qu'elle n'est que la prisonnière d'un corps possédé par le mal ; les autres, ceux dont la tradition se perpétuait dans le Cercle, estimant que l'âme relève du mal comme tout le reste de la Création et qu'il fallait, pour que le bien l'emporte, pousser le mal au bout de lui-même jusqu'à son anéantissement.

Il y eut, à travers le temps, une dérive profane de cette croyance qui aboutit, pour certains de ses adeptes, à des formes de satanisme. Le Cercle, qui était devenu, avant tout, un groupe d'ambitieux s'échangeant des informations et des postes, n'avait conservé de ses origines que quelques rituels symbolisant le mal poussé à ses dernières extrémités.

Leur principale cérémonie avait lieu tous les mois, par nuit de pleine lune, dans une forêt située dans l'Est de la région parisienne. Il s'agissait de simuler un sacrifice humain.

Le mal, selon les Cathares, devait, pour se régénérer, se nourrir de l'âme des anges, ces êtres en qui le bien était préservé. Autrefois, ce rituel n'était pas feint. Une personne que la communauté avait reconnue comme un ange était livrée au sacrifice. On recueillait son sang pour le boire dans une sorte d'eucharistie funeste.

Au cours des siècles, ces pratiques barbares avaient peu à peu été remplacées par des symboles, et les récits avaient commencé à prendre le pas sur les croyances.

Aujourd'hui, le Cercle estimait que le succès des histoires de vampires dans la fiction occidentale était ce qui manifestait le mieux leur influence occulte, la présence de la pensée cathare au secret du monde moderne.

Une chose, cependant, demeurait aussi vive qu'aux premiers jours : la recherche de ceux que l'on appelait les anges. Aucun membre du Cercle n'aurait désormais voulu les sacrifier, boire leur sang. Mais tous savaient que le mal ne subsisterait pas, et ne connaîtrait jamais son apogée, s'il ne côtoyait ces êtres de lumière.

Ainsi, la communauté du mal ne perdait-elle jamais de vue l'autre branche du mouvement né en 1600, cette communauté du bien retirée de tout, dissimulée dans la forêt de Seilhan, au milieu de laquelle, nécessairement, un ange devait un jour apparaître.

Albi. 28 juin. 13 heures.

J'étais terrassée par un sommeil si profond que j'avais l'impression de ne jamais avoir dormi auparavant. J'eus à peine la force de me diriger vers la gare. J'y arrivai enfin, exténuée. Mon sac semblait contenir des pierres.

J'étais lasse, comme si toute énergie m'avait quittée. Je regardai le panneau des départs. Le prochain train pour Paris était à 15 heures. J'eus l'intuition que je ne pourrais pas attendre jusque-là, que je serais morte avant. Je m'effondrai sur un banc et, la tête entre les mains, je sanglotai.

Je me sentais abandonnée par Dieu, délaissée par les autres. Mon enfance défilait devant mes yeux. La petite fille de la cour d'école. Je repensai à tous ceux que j'avais perdus et ne reverrais peut-être plus. Mais Damien, mon ange céleste, où te cachais-tu ?

Damien, dont j'aurais pu dessiner les traits, un à un. Je ne parvenais pas à endiguer ce flot de chagrin qui m'engloutissait. Retrouver Damien, le voir encore une fois, mourir.

Le temps passa sans que je m'en aperçoive. Il était presque 15 heures et j'étais toujours sur ce banc. Je finis par m'en extraire et me dirigeai, tel un somnambule, vers le quai.

L'annonce de l'arrivée du train résonna. En passant devant le kiosque à journaux, j'aperçus le magazine pour lequel nous étions allés en Israël.

Je l'achetai, machinalement, pour voir si l'article était paru. Je feuilletai les pages, mais je ne le trouvai pas. J'allais refermer le journal, lorsque mon regard fut accroché par les noms de Jérôme et Benoît sur une photographie en double page.

Sans comprendre pourquoi, je restai fascinée par cette image. Le texte de Jérôme traitait du savant américain dont ils m'avaient parlé dans le train. Je regardai, scrutai cette photographie familiale anodine. Six pages suivaient, toujours sur le même sujet.

Qu'un magazine grand public accorde autant de place à un scientifique, même nobélisable, me semblait étrange. J'observai attentivement le professeur, sa femme, ses deux enfants, puis un moine, dans le coin droit de la pièce.

Soudain, je fus troublée par ce qui m'apparut dans le coin gauche. Il y avait une fenêtre et, à travers celle-ci, on pouvait distinguer des silhouettes d'enfants dans un jardin. Au milieu d'elles, j'en vis une, plus grande, un profil au loin, mais si reconnaissable. J'en étais sûre, c'était Damien.

Je quittai la gare pour retourner à l'hôtel. Toute ma fatigue s'était évanouie. Je savais désormais pourquoi j'étais venue, pourquoi j'avais emprunté ce chemin. Dans l'article, Jérôme évoquait un monastère où le professeur s'était installé, sans préciser le lieu exact.

J'achetai une carte de la région que j'examinai fébrilement. Tout à coup le nom de Seilhan m'apparut. Il s'agissait d'une forêt dans les environs. Aucun bâtiment n'était signalé.

J'étais sur les traces de mon rêve, je me rapprochais du but. J'allais le voir, lui parler, peut-être.

Dans ma chambre, je relus à nouveau l'article, et compris, cette fois, le sens de ma conversation avec Roland. Je devinai aussi, au détour d'une allusion, que Damien était menuisier et s'occupait d'enfants autistes.

Peut-être avait-il été moine ou pensait-il le devenir. Je chassai cette idée de mon esprit.

Il y eut un éclair qui fit scintiller les murs de ma chambre, puis des coups de tonnerre ; je me serais crue à Jérusalem, qui me semblait loin déjà.

Je pensai à cet amour qui m'avait foudroyée à cet instant-là et ne m'avait pas lâchée une seconde. Je revoyais Roland s'enflammer face à ma propre métamorphose. Tout commençait à prendre sens.

Mon amour pour Damien était étroitement lié à la révélation de Jérusalem, à cette singulière émotion. Une sorte d'alchimie semblait nous unir, nous donnant le pouvoir d'entrapercevoir l'invisible.

Nous naissons, mourons et tout passe. Notre faculté d'oublier les êtres, le passé emporte tout, et pourtant il y a un autre monde où rien ne commence ni ne finit, et l'amour m'ouvrait les portes de l'éternité.

Seilhan. 28 juin. 14 heures.

Albert et Mary avaient déjeuné au réfectoire avec leurs nouveaux camarades de classe. Ils avaient parlé de l'Amérique, répondu à mille questions. Ils étaient excités de découvrir d'autres visages, de rencontrer de nouveaux amis. Les deux enfants étaient pour ceux de Seilhan une ouverture dans leur monde clos, un souffle différent.

Malgré leur différence d'âge, Albert et Mary se retrouvaient dans la même classe. Le petit garçon était en avance. Le moine enseignant leur parla des enfants autistes qu'ils croiseraient dans le jardin commun de l'école et du centre.

Le frère et la sœur firent une démonstration en français de leurs connaissances sur ce handicap. L'enseignant, un peu agacé, décida de consacrer un moment de son cours d'histoire des religions à une digression sur les origines de la notion de péché d'orgueil. Albert et Mary comprirent qu'ils n'étaient pas dans une école comme les autres, qu'ils allaient devoir trouver leurs marques.

Albert faisait semblant de se concentrer sur la leçon qui commençait, mais sa sœur vit qu'au lieu de prendre des notes il dessinait dans le cahier posé devant lui. Elle lui donna un petit coup de coude et, fronçant les sourcils, le regarda d'un air interrogateur. Il écrivit en anglais : « Je te raconterai. »

Le dessin représentait une sorte de colline artificielle faite de gros blocs de pierres surmontés par des ruines qui ressemblaient aux restes de la tour ronde d'un château médiéval.

Pendant la récréation, Albert avait été approché par François, l'enfant sourcier, qui l'avait longuement regardé et, après avoir brusquement tourné les talons, l'avait, d'un geste, invité à le suivre.

François connaissait chaque recoin de la forêt et toutes les voies trop étroites pour les adultes. Elles permettaient à des enfants de sortir de l'enceinte en grimpant sur certains arbres, manifestement aménagés pour ces escapades.

En quelques instants, ils furent dehors. François avançait très vite, le buste légèrement penché vers le sol, un peu comme un animal. Il restait à l'affût, regardant autour d'eux, pour voir s'ils n'étaient pas suivis.

Ils arrivèrent dans une partie de la forêt si dense qu'il n'était plus possible d'avancer. Là aussi, François avait ouvert un passage qu'il avait camouflé avec des branchages et qui supposait d'escalader un dédale d'arbres.

Ce chemin débouchait sur les ruines de ce qui semblait avoir été un château très ancien, fait de gros blocs de pierres. L'ensemble formait une colline. Le seul vestige resté debout laissait deviner une tour ronde. Le reste de cet ensemble écroulé était parsemé de mousse, de lierre et de ronces.

Ils s'accrochèrent aux branchages et entreprirent d'escalader la colline. Arrivé au sommet, Albert vit que le corps de François s'était mis à trembler.

Werner avait expliqué à ses enfants le comportement de certains des autistes et, en prenant l'exemple de François, leur avait parlé de leurs facultés extraordinaires, parfois bien plus surprenantes que celles des enfants dits normaux.

Albert comprit que François avait détecté sous ces ruines une source ou peut-être un vieux puits abandonné. Il était inquiet, il se demandait si François ne l'avait pas emmené ici pour l'aider à dégager les blocs de granit afin de trouver de l'eau.

Le regard de François semblait dire que pour lui il était vital d'accomplir cette découverte. Le petit garçon était fort et solide. Il avait aménagé seul le réseau d'irrigation du potager en creusant la terre avec ses mains. Mais là, les blocs de pierres étaient trop lourds. Sans doute voulait-il de l'aide.

Cependant, il ne lui avait rien demandé. Ils étaient descendus et avaient pris le chemin du retour.

Albert raconta ses aventures à sa sœur en lui faisant promettre de garder le secret. Mary lui interdit de retourner dans cet endroit ; si leurs parents l'apprenaient, ils seraient furieux.

Les blocs de pierres auraient pu s'effondrer. On était peut-être passé à côté d'un drame. Elle ajouta qu'il n'avait pas assez conscience du danger, que c'était de la folie, et lui fit jurer qu'il n'y retournerait jamais. Albert grommela une vague promesse entre ses dents.

Forêt de Ferrières. 28 juin. 1 heure.

Le ciel était dégagé, la pleine lune si intense que les membres de la confrérie du mal pouvaient nettement se distinguer dans la clairière où se déroulaient, toutes les vingt-huit nuits, leurs cérémonies secrètes.

Celui qui représentait symboliquement l'ange fut attaché, les yeux bandés, à un arbre. Chaque membre passait devant lui en posant rituellement deux doigts sur son cou, à l'emplacement de sa jugulaire.

Puis le maître de cérémonie prit un calice posé sur une pierre plate et, levant le récipient vers le ciel, prononça ces paroles :

— Buvez, car ceci est mon sang, le sang de la Nouvelle Alliance qui nous guidera jusqu'au triomphe absolu du mal au jour du Jugement dernier.

— Car ceci est mon sang !

— Le sang qui nous libérera de notre enveloppe terrestre et nous permettra de rejoindre les morts dans leur résurrection pour l'éternité.

— Car ceci est mon sang !

— Je crois dans la création du monde par Satan. Je crois à l'accomplissement de la fin des temps et au retour vers le *nihil*. Je crois que le sang de l'ange est le sang de notre salut.

— Car ceci est mon sang !

— Pour les siècles des siècles.

— Amen.

Après avoir récité ce credo, ils revinrent, les uns à la suite des autres, auprès de l'ange et, après l'avoir salué, ils posèrent leurs lèvres sur son cou, toujours au même endroit.

Les rituels ésotériques s'enchaînèrent pendant une heure. Puis les adeptes se rassemblèrent dans le château de Ferrières, dont ils louaient chaque mois la grande galerie pour leurs réunions.

Jérôme prit la parole au milieu des stucs, des lambris et des allégories mythologiques ; derrière lui on voyait Diane chasseresse transformant Actéon en cerf.

Il les remercia vivement de leur participation et présenta le professeur Seongmin Kim, un chercheur chinois d'origine coréenne qui, concurrent de Werner Richardson pour le Nobel, dirigeait un laboratoire de neurosciences à l'université de Pékin.

Jérôme déclara que l'assemblée considérait sa présence comme un très grand honneur et rappela que la Chine était en train de progresser rapidement dans la compréhension des mécanismes intimes du cerveau.

Le chercheur avait bénéficié d'une double formation, européenne et chinoise. Ses hypothèses de travail, enracinées dans la culture orientale, lui permettaient une approche nouvelle de la médecine occidentale.

Le domaine commun aux deux savants était une zone très spécifique du cerveau émotionnel. Des articles de vulgarisation, qui avaient eu beaucoup de retentissement deux ans auparavant, avaient fait connaître au public les mécanismes neurologiques engagés dans ce qu'on désignait comme l'état amoureux.

Jérôme cita certains de ces articles et les polémiques qu'ils avaient engendrées. Nombreux étaient ceux qui trouvaient choquant que l'on puisse réduire l'amour à un processus chimique.

Il conclut en rappelant aux participants l'impératif du plus grand secret, y compris auprès de certains membres du Cercle absents en ce jour.

La compétition faisait rage entre les grands laboratoires sur ce sujet, compte tenu des retombées pharmaceutiques et des perspectives économiques que l'on pouvait en attendre, en particulier dans le traitement des addictions.

Puis Jérôme passa la parole au savant chinois et à son traducteur. Seongmin Kim avait demandé de pouvoir s'exprimer en chinois, car les concepts qu'il développait n'avaient pas d'équivalents en anglais et encore moins en français.

Le traducteur qui l'accompagnait dans toutes les réunions internationales auxquelles il participait connaissait bien ces concepts et avait trouvé des formules pour les expliquer.

Le professeur chinois enchaîna sur les récentes découvertes concernant les mécanismes de l'addiction, que Jérôme venait d'évoquer. Il décrivit en particulier le rôle de la dopamine dans le processus de la récompense qui conditionne toutes les sensations de satisfaction ou de plaisir.

C'est en étudiant les perturbations de la transmission de cette substance entre les neurones que les chercheurs avaient pu avancer rapidement au cours de ces dernières années.

En travaillant dans ce sens, le professeur Richardson avait isolé, deux ans plus tôt, ce qu'il désignait comme le « facteur lambda », pour lequel il n'utilisait pas la lettre grecque correspondant au *l* mais le signe de l'infini : ∞.

Selon Kim, cette singularité avait un sens précis. Il était probable que le véritable domaine de recherche du professeur américain n'était pas l'addiction, mais le rôle de la dopamine dans le centre de « pilotage » de l'ensemble des fonctions vitales.

Il pensait que Werner travaillait comme lui sur ce qui se passe dans le cerveau au cours des trois jours qui suivent un électroencéphalogramme plat.

On connaît toutes les légendes qui circulent sur ce moment *post mortem*, depuis les NDE (*near death experiences*) jusqu'aux traditions les plus anciennes comme les trois jours de la résurrection de Jésus.

Les membres du Cercle qui, jusque-là, avaient eu du mal à suivre tendirent l'oreille et se mirent même à poser des questions. D'autres chercheurs étaient-ils eux aussi sur la piste de ce facteur lambda ? Ou bien Kim et Richardson étaient-ils les seuls ?

Le professeur répondit que ceux qui poursuivaient cette piste étaient nombreux, mais qu'ils avaient tous deux plusieurs longueurs d'avance. L'un comme l'autre étaient des passionnés de Spinoza. Ils avaient la même compréhension de sa théorie de l'infini et de l'éternité.

On lui demanda aussi quels étaient les liens entre ce phénomène et les descriptions chimiques de l'état amoureux. Tant de questions restaient sans réponse. Y avait-il, par exemple, un rapport avec les théories psychanalytiques sur l'état amoureux ?

Kim avait beaucoup travaillé sur ce sujet à ses yeux essentiel, et longuement étudié l'œuvre de Freud qui, selon lui, expliquait en partie une face intuitive de ce phénomène. Mais les neurosciences, à l'époque du fondateur de la psychanalyse, n'en étaient qu'à leurs premiers balbutiements.

On retrouvait désormais dans la recherche des concepts similaires à ce que Freud appelait la pulsion de mort, d'après lui indissociable de la libido et donc de l'amour.

Reprenant des notions de philosophes plus modernes, les scientifiques considéraient que l'activité du cerveau pouvait régresser à cause de ce qu'on appelait depuis peu la plasticité destructrice.

Pour Kim, cette dernière était l'équivalent, dans la neurobiologie, de la pulsion de mort. L'inversion de la plasticité du cerveau permettait d'expliquer des maladies comme celle d'Alzheimer, mais aussi de faire des hypothèses sérieuses sur ce qui se passait, pour le cerveau, une fois que son activité électrique avait cessé.

Les membres présents autour de la table étaient impressionnés par cette approche. L'un d'eux osa poser la question à laquelle tout le monde pensait : le facteur lambda, que Richardson avait symbolisé par le signe de l'infini, pouvait-il être la version scientifique de ce que depuis des millénaires on nommait l'« âme » ? Kim répondit sans la moindre hésitation :

— Oui. Bien sûr.

Jérôme reprit la parole. Ces découvertes permettraient peut-être bientôt de trancher le débat qui les opposait depuis des siècles à ceux qu'ils considéraient comme leurs ennemis fraternels : les moines de la confrérie du Sang du Christ.

Si Werner Richardson parvenait à isoler ce qui ressemblait fort à l'étincelle divine, la vérité de l'âme humaine éclaterait au grand jour.

Mais, ajouta-t-il, si les recherches que le professeur Kim menait, d'autre part, sur les propriétés du sang aboutissaient elles aussi, s'il trouvait le moyen de régénérer la vie, leurs rituels vampiriques retrouveraient un sens.

Les résultats de ces deux approches, pour les laboratoires pharmaceutiques, pouvaient être vus comme comparables et ouvrir la voie à une capacité de prévenir l'ensemble des maladies en intervenant sur leurs mécanismes de base, d'empêcher les cellules saines de basculer dans la maladie. Il devenait possible de repousser la mort.

Quand la séance fut levée, il y eut des discussions en aparté entre certaines des hautes autorités du Cercle. Une question ancienne reprenait de la vigueur. L'un d'eux osa la formuler : fallait-il abandonner les simulacres et revenir aux rituels originels, avec de vrais sacrifices ? Fallait-il, à nouveau, répandre du vrai sang ?

Seilhan. 28 juin. 17 heures.

Il y avait des formes très variées d'autisme, à des stades très différents. Damien s'occupait de ceux qui restaient emmurés dans le silence. Il était, de ce point de vue, un peu comme les enfants dont il avait la charge. Damien ne parlait jamais, comme s'il avait fait vœu de se taire. Pourtant, il communiquait avec eux mieux que personne, et les enfants lui obéissaient, sans qu'il ait besoin de dire ce qu'il attendait d'eux.

En fait, dans son esprit, c'était lui qui les suivait ; il n'était là que pour les aider à aller jusqu'au bout d'eux-mêmes. La complicité était telle qu'un geste, une expression, un regard suffisait à dire les choses.

Il consacrait beaucoup de temps à François, qui ne pouvait jamais rester très longtemps en compagnie des autres.

Le sourcier était le plus ancien pensionnaire du centre. On l'avait trouvé un matin dans la forêt, dormant à même le sol. Il errait parmi les feuilles, les branches, les animaux, probablement depuis de longues semaines.

Toutes les recherches pour le rendre à sa famille restèrent vaines. Damien l'avait immédiatement adopté, comme son enfant, ou son frère, dans lequel il se reconnaissait sans doute. Il se disait qu'il aurait pu être cet enfant-là, moins doué, peut-être, pour trouver de l'eau et de la nourriture.

Lorsqu'il détecta en lui une forme de génie, il fit comprendre à François qu'il pouvait le mettre au service de la communauté en l'aidant à faire pousser des légumes autour des quatre bâtiments du monastère. Son système d'irrigation, adapté à chaque plante, à chaque arbre, faisait l'admiration des frères jardiniers.

Tout poussait entre ses doigts, comme s'il communiait avec la nature. François rendait ainsi aux frères et à Damien l'amour qu'il avait reçu, et s'épanouissait en même temps que les massifs de fleurs. Damien suivait attentivement son évolution.

Les familles qui confiaient leurs enfants handicapés au centre espéraient qu'ils puissent un jour se réinsérer dans la vie normale, retrouver leur école et leur foyer.

Le centre était connu pour ses méthodes nouvelles ; il accomplissait des miracles.

On pouvait constater des progrès spectaculaires, même si certains enfants semblaient attachés à leur autisme et ne donnaient aucun signe de guérison. Pour François, la question ne se posait pas. Le fait qu'il ne souhaitait pas sortir du silence plaisait à Damien.

Le jeune homme avait été remarqué par le frère Constantin. Sa vie à la menuiserie lui convenait, le travail du bois le passionnait, mais les enfants autistes nourrissaient chez lui une curiosité sans bornes. Damien avait avec la connaissance le même rapport que François avec l'eau. Aussi le frère Constantin s'occupait-il de lui, lui enseignant la foi dans des séances de commentaire du Nouveau Testament.

La veille ils avaient abordé la première phrase de l'Évangile de saint Jean :

« Au commencement était le Verbe. »

Ces mots troublaient Damien, mais il ne l'exprimait pas ; fidèle à sa nature, il écoutait cette leçon de théologie en silence. Le mot *Verbe* était une traduction moderne, trompeuse, d'un mot grec qui avait une signification plus large, *logos*.

Il est probable, lui expliqua le frère Constantin, que Jean mettait ici l'accent sur un aspect central d'un débat très ancien autour de la définition d'un des dogmes les plus mystérieux du christianisme, celui qui concerne le Saint-Esprit.

Dans le credo qui sortit de ce débat sous la forme de la Trinité : Dieu défini comme Père, Fils et Saint-Esprit, c'était ce dernier, et non le Fils, comme le prétendait l'Église catholique, qui occupait la place du Verbe.

Dieu avait créé le monde en utilisant ce qu'il avait sous la main, et ce qu'il avait c'était le logos, le Verbe de saint Jean, c'est-à-dire son propre esprit.

Damien, lui, comprenait cette phrase autrement. Ce qui lui semblait important, ce n'était pas le mot *Verbe*, mais le mot *commencement*. Pour lui, comme pour les Cathares, s'il y avait un commencement, il y avait aussi une fin, et l'éternité était impossible.

Cela voulait dire que la substance utilisée par Dieu pour créer le monde non seulement n'était pas identique à la sienne mais en était l'opposée. Ceci rejoignait l'idée de la création par le mal, par Satan.

Mais Damien allait plus loin encore. Il considérait le Verbe comme la substance même du mal. Son goût du silence était le fruit de cette croyance.

Tandis qu'il écoutait le frère Constantin, son esprit s'était évadé. Il se replongea dans un souvenir qui, depuis quelque temps, le visitait régulièrement : l'image d'une jeune femme aperçue dans le cimetière du Mont des Oliviers à Jérusalem.

En pensant à elle, il ressentait une émotion particulière, une sensation de douceur, comme s'il retrouvait une présence qu'il connaissait depuis toujours.

Il avait distingué, autour d'elle, un halo de lumière, une aura singulière. Il avait appris, par Roland, qu'elle était venue le voir danser à Versailles. L'idée qu'elle l'avait suivi jusque-là l'avait ému au point qu'il avait décidé de partir pour ne pas avoir à lui parler. Mais il y pensait sans cesse.

Damien aurait voulu faire part au frère Constantin de ce qu'il ressentait. Cela remettait-il en cause sa vocation qui, jour après jour, en silence, le guidait vers Dieu ? Il garda cette question enfermée dans son cœur.

Seilhan. 28 juin. 18 heures.

Il fallait sortir de la ville par la route départementale. Un panneau indiquait la forêt, à trois kilomètres. Je devais trouver le monastère avant la nuit. Je marchai, ou plutôt j'avais l'impression de flotter au-dessus de l'asphalte.

Je sentais que j'étais près du but. Après quarante minutes, je tournai à gauche et pénétrai dans une clairière. Des centaines d'arbres obstruaient la vue. Le monastère était-il au cœur de cette forêt touffue ?

J'avançai à travers un entrelacs de branches. Des ronces s'enroulaient sur mes jambes. L'air était humide. La lumière filait vers la nuit.

Un pont de bois et de fer finit par apparaître devant moi. De l'autre côté, un haut mur de pierre se dressait.

Je me retrouvai face à une porte. Je n'osai frapper et rebroussai chemin. Je longeai un potager en contrebas jusqu'à une autre passerelle, identique. Au bout, je vis un portail au-dessus duquel était inscrit le mot *Collège*. Il était entrouvert.

Je me faufilai dans un long couloir qui aboutissait à une porte dont la partie supérieure était vitrée.

Tout était désert. Seuls huit coups de cloche m'indiquèrent qu'il y avait une âme dans ces lieux. Quelqu'un sonnait l'heure, imprimait le rythme du temps qui passe. Autour de moi, il n'y avait que le vide et l'écho de chants célestes résonnant au loin.

Je m'approchai, hésitante, de la porte. Elle donnait sur un jardin carré entouré par quatre bâtiments.

Je repensai à la photographie de la double page. C'était bien le monastère que je cherchais. L'idée que je pourrais découvrir Damien de l'autre côté me serra la poitrine.

Soudain, tout devint flou et j'eus l'impression de perdre un instant connaissance. Je l'avais vu, à travers la vitre, sortir par une porte de l'autre côté du jardin. Mes jambes semblaient ne plus pouvoir me porter. J'avais si froid. Et puis il disparut tout à coup derrière les arbres dans la pénombre. Était-ce lui ? Ou bien une illusion de plus ?

Je pus enfin distinguer nettement son visage lorsqu'il réapparut et se dirigea, d'un pas décidé, vers une autre porte, à ma droite. Il devait, pour cela, longer un chemin dessiné en cercle.

Pour aller à sa rencontre, il me suffisait de parcourir l'autre partie, de courir vers lui. J'avais envie de hurler son prénom. Nous avancions, maintenant, l'un vers l'autre. Parfois je me rapprochais, mais il s'éloignait à nouveau, comme s'il devait disparaître à l'horizon.

Je hâtai le pas et me trouvai face à lui. Il s'arrêta et, sans un mot, me dévisagea. Un léger sourire se dessina sur ses lèvres. Je m'arrêtai au même instant. Nous nous regardions, sans une parole, sans un geste. Nous restâmes, ainsi, face à face, immobiles et muets. L'éternité était entre nous.

Seilhan. 28 juin. 18 h 15.

Werner et Annah avaient encore un cliché à faire avant de terminer leur journée au laboratoire. Ils commençaient à éprouver une grande fatigue. Rien ne pouvait les arrêter dans leur travail. Ils restaient souvent jusqu'au milieu de la nuit, à poursuivre leurs obsessions, poussés par le temps, qui était leur principal ennemi. À leurs yeux, toutes ces expériences semblaient interminables. Chaque jour, chaque heure paraissaient les éloigner du but, alors qu'ils s'en rapprochaient.

Annah s'occupa de l'I.R.M. de Paul, le dernier des enfants autistes à examiner aujourd'hui, tandis que Werner rédigeait le mémorandum quotidien pour l'envoyer aux responsables de la H.I.C. à San Francisco.

La société américaine voulait être tenue au courant, jour après jour, de l'évolution de leurs recherches. Elle transmettait ensuite ces rapports à ses réseaux scientifiques à travers le monde.

Les sommes allouées par le laboratoire étaient considérables. Ils disposaient d'une installation qui aurait rendu jalouse n'importe quelle équipe de chercheurs. À l'image de l'intranet que leur avait installé Microsoft, leur système était aussi sécurisé que ceux qu'utilisaient les militaires.

Chaque fournisseur de la H.I.C. avait eu à cœur de mettre à leur disposition des machines et des instruments dont la plupart n'étaient pas encore commercialisés. Si les recherches aboutissaient à court terme, ce serait une vitrine spectaculaire pour leur matériel.

Annah avait terminé, laissant Paul rentrer à la fondation. Elle rejoignit Werner pour analyser avec lui les nouveaux clichés et revoir leurs calculs concernant le centre de leurs travaux : le facteur lambda, qu'il s'agissait d'isoler et de disséquer.

Werner, après avoir dit à Annah d'aller se reposer un moment, partit retrouver le frère Constantin qui devait l'emmener aux archives du monastère pour vérifier un point qui l'obsédait.

Le moine le conduisit dans les sous-sols du bâtiment réservé à la confrérie. Ils cheminèrent dans un dédale de couloirs et d'escaliers, et arrivèrent enfin devant une immense porte blindée semblable à celle d'un coffre de banque.

Le frère Constantin sortit un trousseau de clefs qu'il commença à introduire et à tourner dans quatre serrures, les unes après les autres, jusqu'à ce qu'un bruit sourd se fasse entendre. Il tourna alors une roue métallique et ouvrit cette porte qui devait bien avoir un mètre d'épaisseur.

Elle donnait sur une immense salle voûtée, garnie, des deux côtés, de meubles d'ivoire et d'ébène à tiroirs. La salle était à peine éclairée ; des soupiraux ne laissaient filtrer que des rayons de couleur ocre.

Le frère Constantin avait refermé la porte, les isolant totalement de l'extérieur. On n'entendait plus un bruit. Werner sentit une sorte de pression dans ses tympans. Le moine vérifia le taux d'hydrométrie, puis se dirigea vers une bibliothèque d'où il retira un livre.

Il s'agissait d'un manuscrit de la Renaissance sur vélin, orné d'enluminures, dont le texte, rédigé en latin en 1600, contenait le passage qui intéressait Werner. Le titre était *Bréviaire pour l'éternité*; le livre avait probablement été rédigé par un disciple de Giordano Bruno.

C'était un des ouvrages les plus importants sur les Dominicains passés du côté des hérétiques cathares. L'ensemble des manuscrits conservés dans cette chambre forte constituait, d'ailleurs, les seules archives existantes du catharisme et des communautés secrètes qui survécurent à la croisade et aux massacres.

L'auteur évoquait l'exégèse élaborée par la confrérie à partir de la phrase des Évangiles qui fut retenue pour le rituel de l'eucharistie :

« Buvez, car ceci est mon sang. Le sang de la Nouvelle Alliance. »

Werner commença à lire le long commentaire du Dominicain anonyme, mais quelque chose le troublait. Il demanda au frère Constantin s'il pouvait regarder le texte de plus près. Le frère esquissa un sourire et sortit de ses larges poches de drap une lampe et une loupe.

Au tout début du commentaire, Werner découvrit, à peine visible, ce qu'il cherchait. Il était là, le signe de l'infini : ∞.

Plus loin, le livre présentait une série de formules alchimiques très prisées à l'époque, que Werner avait appris à déchiffrer.

Il montra la page au frère Constantin et lui demanda :

— Que comprenez-vous ?

Le moine se mit à décrypter à son tour le passage, puis, avec une moue sceptique, dit qu'il s'agissait probablement d'une formule définissant le sang du Christ. Werner fit non de la tête.

— Nul doute qu'il s'agit d'une formule alchimique, mais je ne crois pas qu'il s'agisse du sang du Christ. Je pense que ce que l'auteur définit ici est la notion d'étincelle divine, telle que les Cathares la concevaient : emprisonnée dans le corps ; voyez ici, et là. Vous avez raison, il reprend la formule du sang mais avec le signe de l'infini. Le même que celui qu'il a inscrit au début du texte.

En voyant l'excitation de Werner devant ce passage écrit par un moine tant de siècles auparavant, le frère Constantin comprit que le savant était en train de franchir une étape dans ses recherches. Il était toujours émerveillé de constater à quel point le monde de la foi coïncidait avec celui de la science.

— Pouvez-vous expliquer en termes simples, au profane que je suis, en quoi ce texte vous aide dans ce que vous étudiez ?

— Je ne dirais pas que cela m'aide, je dirais plutôt que cela confirme une intuition. Je peux vous expliquer mon idée en quelques mots. Je crois que les Cathares avaient raison de penser qu'une parcelle de Dieu est en nous. Plus précisément, que cette étincelle divine est, comme ils le croyaient, prisonnière de notre corps. Ils pensaient aussi qu'un jour viendrait où elle serait libérée, mais ils ne disaient pas comment. Mon travail consiste à trouver où elle est emprisonnée dans notre corps, puis à essayer de la libérer.

— J'ai l'impression que vous avez une conviction bien arrêtée.

— Oui. Je reconnais que j'ai tendance à aller un peu vite en besogne. Mais vous me posez la question et je vous réponds franchement. Je n'ai pas encore trouvé la traduction scientifique de ce qu'on désigne comme tel, mais je suis convaincu que cela a un rapport avec mes recherches sur le cerveau émotionnel et l'état amoureux. En revanche, je pense savoir où est emprisonnée cette étincelle. Mon raisonnement se fonde sur la notion cathare du mal. L'étincelle, selon moi, se trouve dans les mécanismes par lesquels se fabrique la parole, dans cette zone du cerveau qui est la zone du mal.

— Est-ce la raison pour laquelle vous étudiez les autistes ?

— Exactement. Et plus particulièrement ceux qui n'accèdent pas à la parole. Je fais l'hypothèse que ces êtres, considérés par la société comme des handicapés, sont en réalité souvent des génies qui disposent, comme les anges de la légende, d'une capacité exceptionnelle pour communiquer avec un monde inaccessible aux autres, comme vous et moi. Je pense pouvoir isoler dans leur cerveau ce qui barre la route à la parole et au langage. Je me dis que si je dois parvenir à libérer un jour cette étincelle, ce sera plus facile avec un cerveau comme le leur.

Le frère Constantin écoutait ce discours, impressionné et, à la fois, inquiet. Car si le professeur ne se trompait pas, il était sur le point de franchir une frontière que le moine considérait comme l'interdit majeur, celui que Nicolas de Cues exposait dans *La Docte Ignorance*, considérant qu'il ne pourrait jamais y avoir de savoir absolu et que plus les hommes accumulent de savoir, plus ils s'éloignent de la vraie connaissance.

Aux yeux de Constantin, cet interdit était fondamental ; il avait été imposé par Dieu à l'espèce humaine. Nul ne pouvait deviner ce qu'il adviendrait si un homme venait à le transgresser. Or, ce que le professeur essayait d'accomplir y ressemblait fort.

Seilhan. 28 juin. 20 h 15.

Je restais immobile, tétanisée, devant celui que j'avais tant cherché. Il était là, face à moi. J'aurais voulu qu'il me prenne dans ses bras, qu'il me parle, mais ses lèvres étaient closes. Pourtant, je sentais qu'il partageait mon émotion.

Il restait debout. Impassible. Nous ne pouvions bouger ni l'un ni l'autre, et les minutes de ce face à face semblaient durer des siècles.

En tendant le bras, j'aurais pu toucher son visage, mais il y avait une barrière invisible que je n'arrivais pas à franchir. J'étais dans le monde réel, alors que lui paraissait flotter, comme les anges dans les dorures de Fra Angelico. J'aurais voulu le rejoindre de l'autre côté du miroir.

À la fixité de son regard posé sur moi, je compris qu'il en rêvait. Il leva lentement la main. Elle me frôla.

Les battements de mon cœur comprimaient mes pensées. Les bruits autour de nous devinrent assourdissants. J'avais envie de disparaître avec lui, ailleurs, là où l'éternité ne nous séparerait plus.

J'avais le vertige, comme si le temps tournait autour de nous. C'était bien lui. Je l'avais enfin trouvé. Nous habitions le même monde.

Une petite fille apparut, qui le tira par la manche. Elle se mit à lui parler, rompant la grâce de nos retrouvailles. J'avais du mal à entendre ce qu'elle disait. Son frère lui avait demandé de l'attendre cinq minutes avant de disparaître avec un autre petit garçon.

Rien n'était clair ; ce que je compris, c'est qu'elle les attendait depuis une heure, et qu'ils n'étaient pas revenus. Sa mère allait la gronder. Son père, lui aussi, avait disparu. La petite fille était au bord des larmes.

Damien semblait avoir tout compris. Il regarda autour de lui, toujours sans un mot, puis il prit la petite par les épaules, comme pour dire : « Reste là, ne bouge pas. » Il me regarda à nouveau l'espace d'une seconde, et me tourna le dos. Je décidai de le suivre. Je ne voulais pas le perdre encore.

Nous avions quitté le monastère ; nous avancions dans la forêt. Arrivés à la sortie d'une clairière, il y eut un barrage de branches. Aucun passage possible.

Damien escalada un arbre dont le tronc, immense, avait poussé de façon oblique. Je le suivis, me déchirant les mains. En avançant, nous découvrîmes un éboulis de pierres, qui formait un mur devant nous. Damien commença à l'escalader. Soudain, il s'arrêta et tendit l'oreille.

Je crus deviner un gémissement sourd. Damien accéléra dans la direction du bruit. Je le suivis. Nous nous retrouvâmes devant les vestiges d'une tour.

Le gémissement résonna distinctement entre les pierres. Il venait d'en bas. Damien essaya de soulever le bloc central, mais il était trop lourd. Je m'approchai pour l'aider, il me regarda à nouveau avec intensité ; il semblait vouloir me dire : « Voilà pourquoi nous sommes ici à cet instant. »

Un petit garçon réussit à s'extraire des ruines dès que le premier bloc fut déplacé. Il était en état de choc, ne parvenait pas à prononcer le moindre mot. Damien le regarda fixement, l'enfant fit de même, puis il s'agenouilla au bord du gouffre qui s'était ouvert au milieu des pierres effondrées. Il resta immobile, à scruter le fond de la cavité.

Damien sauta dans la fosse, je le suivis. Il y avait si peu d'espace que je sentais son souffle. Il commença à dégager de gros blocs, je fis de même. Il y avait sous nos pieds une pierre colossale. En la déplaçant, nous découvrîmes un autre petit garçon, inanimé.

Il nous fallut rejoindre le monastère avec les deux enfants. J'essayai de prendre la main du premier, mais il était trop agité, il se balançait d'avant en arrière dès que nous ralentissions, et m'échappais toujours. J'avais peur qu'il ne s'enfuie. Damien portait le corps inerte du second.

Il régnait une grande effervescence dans le monastère. À notre arrivée, tout se figea dans un silence vertigineux.

Seilhan. 28 juin. 21 heures.

Annah, inquiète, était sur le pas de la porte du laboratoire, près de Mary qui sanglotait.

Werner et le frère Constantin venaient de remonter des sous-sols de l'abbaye. Des enfants attendaient dans la cour, par petits groupes.

Une porte s'ouvrit. François apparut, les vêtements déchirés, hagard. Damien le suivait, portant Albert, la tête renversée, dans ses bras.

Ils semblaient sortir de l'enfer. Le cri d'Annah traversa le silence.

Elle arracha Albert des bras de Damien pour le transporter dans le laboratoire. Werner lui emboîta le pas, puis, comme deux automates, ils prirent le pouls de l'enfant. Il ne battait plus.

Ils allongèrent leur fils sur la table d'opération. Werner lui posa des électrodes sur le crâne en regardant l'écran du biofeedback.

L'électroencéphalogramme était plat.

Ils restèrent ainsi, un long moment, devant le corps sans vie. La chute avait provoqué une hémorragie massive dans le cerveau, même si aucune blessure n'était apparente. Albert semblait dormir.

Werner et Annah confièrent Mary au frère Constantin et demandèrent qu'on les laisse se recueillir. Ils restèrent ainsi, près du corps de l'enfant, toute la nuit, terrassés de douleur.

La mort d'Albert avait foudroyé la communauté ; on aurait dit que chacun avait fait vœu de silence. Mary restait accrochée à la main du frère Constantin.

Damien tentait de calmer François devant la porte du laboratoire. Le frère Constantin, installé devant l'ordinateur de Werner, prévint la H.I.C. qu'un accident grave venait de frapper le fils des scientifiques, qu'il n'y aurait pas de reporting pour cette journée.

La réponse ne se fit pas attendre. Elle annonçait l'arrivée de Steve Hughes accompagné de son staff et d'une équipe médicale.

Paris. 28 juin. 22 heures.

Jérôme était parvenu, quelques jours plus tôt, à casser le code de sécurité de l'intranet installé par la H.I.C. au monastère. Quand il apprit la mort d'Albert, il prévint immédiatement les dirigeants du Cercle, proposant une réunion extraordinaire chez Roland pour analyser la situation. À 22 h 30, tout le monde était là.

Il régnait une certaine gravité autour de la table et personne n'osait ouvrir le débat. Roland se décida.

— Nous ne pouvons ignorer que ce coup du destin est un signe de la volonté divine et qu'il nous faut le comprendre et en tenir compte pour la suite. Mais j'aimerais connaître le sentiment du maître de notre ordre.

Benoît prit la parole.

— Je pense que le message est clair. La démarche du professeur est sacrilège. Il prétend se substituer à Dieu et maîtriser la substance divine. Nous savons, nous, à quel point ceci n'est qu'une ultime illusion. Désormais, nous sommes autorisés à aller au bout du mal et à espérer qu'en effet Dieu reconnaîtra les siens.

Ils parlèrent du magazine et de ce que Jérôme allait écrire. Ils avaient suffisamment de matière, de photographies, pour que paraisse un dossier à partir de la mort de cet enfant. Cela ferait exploser la confrérie sous la pression des médias. Le bouclage avait lieu le lendemain soir. Il n'y avait pas un instant à perdre.

Seilhan. 29 juin. 6 heures.

Werner luttait contre le sommeil. Il dit à Annah qu'il montait quelques minutes se faire un café. Il prit machinalement le livre de Spinoza que la jeune fille lui avait offert à l'aéroport, et se mit à le lire, comme si, en l'ouvrant au hasard, il pouvait tomber sur des mots qui lui indiqueraient le chemin à suivre pour sauver son fils.

Mais les phrases du philosophe étaient terriblement réalistes et triviales ; elles semblaient l'inviter à revenir dans la réalité. Pourtant, pouvait-il être plus dans la réalité que confronté à cet électroencéphalogramme plat qui ne voulait dire qu'une chose, bien réelle : qu'Albert était mort et qu'il ne pouvait rien y faire ?

Le *Court traité de Dieu* de Spinoza, le *Bréviaire pour l'éternité* du moine anonyme qu'il venait d'examiner avec le frère Constantin se bousculaient dans sa tête.

Il adressa une prière à Dieu. Il ne pouvait accepter cette mort, cette décision divine. Il demanda une exception et s'engagea, si son vœu était exaucé, à tout arrêter. Tout abandonner.

Lorsqu'il revint au laboratoire, Werner comprit que l'âme d'Albert était en train de s'en aller. Il avait la certitude que trois jours séparaient le moment de la mort clinique et celui de la mort véritable. Il dit à Annah qu'ils avaient peu de temps pour agir avant que cela devienne irréversible, qu'ils devaient résoudre en quelques heures ce qui aurait dû leur prendre des années.

Il demanda à Annah de l'aider. Qu'avaient-ils à perdre ?

Il prit une seringue, alla chercher un petit flacon dans lequel il y avait un liquide transparent. Il regarda Annah au moment où il introduisit l'aiguille dans une veine et ne la quitta plus des yeux. Elle priait pour que le produit parvienne à remonter jusqu'à la zone du cerveau où l'étincelle divine était emprisonnée.

Werner et Annah suivaient le cheminement du produit sur un monitoring. Ils étaient aussi pâles que leur enfant.

Seilhan. 29 juin 1666.

Des lueurs dansaient dans l'ombre. Je marchai dans leur direction, tâtonnant entre les arbres.

À la nuit tombée, j'étais sortie du monastère. J'avais vu Damien m'apparaître. Il était en danger. Je devais le rejoindre.

Des voix se mêlaient aux sons de la forêt, de plus en plus distinctes. Je reconnus bientôt des bribes de latin, des chants. Je suivais un sentier presque effacé, qui sinuait entre les troncs. Les lumières proches remuaient des ombres autour de moi. Les branches bougeaient doucement.

Je vis une trouée dans un buisson, par laquelle je distinguai la haute tour du château de Seilhan et, à son pied, des silhouettes, des torches enflammées.

Soudain, une voix s'éleva, plus forte, qui prononça ces mots :

— Frères, nous avons capturé l'ange.

Je me cachai derrière le buisson.

La voix reprit :

— Attachez-le !

J'avançai de quelques pas dans la clairière qui s'ouvrait devant moi. Les hommes n'étaient plus qu'à une dizaine de mètres, dans un cercle formé par des flambeaux devant la petite colline où le château était construit. Ils ne pouvaient me voir, plongée dans la pénombre.

Au centre du cercle, j'aperçus une colonne de marbre blanc. Trois hommes marchaient vers elle, poussant devant eux un quatrième, un bandeau sur les yeux.

Je me glissai auprès d'un des flambeaux.

Ils attachèrent l'homme et reculèrent. Je vis son visage. C'était Damien, dans la robe blanche des moines de la confrérie du Sang du Christ.

Que faire ? Comment pourrais-je le sauver ? La voix que j'avais entendue proférait d'étranges prières où il était question du sang qui devait couler, du mal, de Satan. Un couteau fut dressé vers le ciel, que la lumière de la pleine lune fit scintiller un bref instant.

Je remarquai que des buissons couvraient la pente menant vers le château. Je saisis un flambeau et le jetai au milieu. Puis un deuxième, un troisième. J'aurais voulu voir disparaître dans les flammes toute la forêt, tous les cauchemars qu'elle recélait.

Il y eut des mouvements, des cris. L'incendie gagnait les arbres, embrasait la colline. La tour était encerclée par le feu.

J'avais eu le temps de me dissimuler derrière un tronc. Je les voyais courir, appeler à l'aide. Certains essayaient d'étouffer le feu, d'autres se précipitaient vers le château.

Damien était resté seul, attaché à la colonne, au milieu de cet enfer.

Je courus dans sa direction et le détachai.

Il me regarda en silence. J'avais envie de le serrer contre moi mais quelque chose dans ses yeux m'en empêchait. Je lui fis signe de me suivre. Nous disparûmes à travers les arbres.

En quelques heures, le château fut réduit en cendres. Nous étions restés à l'orée de la forêt, observant, sans dire un mot, la dévastation gagner toute chose.

Je savais désormais que la prophétie était en train de s'accomplir.

À l'aube, l'incendie se calma. La colère de Dieu s'apaisait peu à peu.

Il n'y avait plus personne.

J'entraînai Damien près des ruines. Des flammes éparses couraient encore sur la colline, entre les pierres. Une fumée épaisse, âcre, nous recouvrait.

Je pointai le doigt vers une dalle tombée dans l'herbe à quelques mètres de nous. Il s'approcha. C'était un bas-relief représentant une ruine semblable à celle que nous avions sous les yeux, et un petit groupe rassemblé autour d'un tas de pierres sous lequel on voyait le corps d'un enfant. Plus loin, la pierre était soulevée et l'enfant, entouré d'une auréole, s'élevait dans le ciel.

Je reconnus le dernier acte de la prophétie du Sang du Christ. Un enfant serait tué par les pierres sataniques puis il serait ressuscité. C'était la dernière victime, le stade ultime de la stratégie du mal absolu.

Les frères seraient bientôt réunis. La fin des temps était proche.

Seilhan. 30 juin. 8 h 30.

Je ne quittai pas le monastère pendant deux jours et deux nuits. Je ne pouvais fermer l'œil, obsédée par le petit corps inerte de l'enfant, son visage figé, et par les visions qui me tourmentaient. J'errais dans les couloirs, dans le jardin.

Damien était resté à la même place depuis qu'il avait rendu à ses parents le corps d'Albert. Il était assis sur les marches, devant l'entrée du laboratoire.

Je m'étais installée à quelques mètres de lui, et j'observais la lumière dorée de l'aube dessinant son profil.

Le nom de Jérôme clignota sur l'écran de mon téléphone, m'arrachant à ma torpeur. Il m'annonça qu'un article allait sortir aujourd'hui dans les kiosques. Il était prêt à me fournir toutes sortes d'explications. Le papier relatait les circonstances de la mort du fils du professeur Richardson. Il présentait toutes les hypothèses possibles.

Jérôme me demanda où j'étais. Lorsque je lui dis que je me trouvais au monastère, il me conseilla de partir, m'expliquant que l'affaire allait faire scandale.

Une rumeur circulait, accusant Werner d'avoir pris son fils comme cobaye pour ses expériences sur le cerveau. Il lui aurait injecté un produit pour tester son idée folle de prolonger la vie.

Il m'expliqua que Werner ne pouvait pas réaliser ces tests sur des animaux de laboratoire, car leur cerveau était trop différent du nôtre. Il ne pouvait pas non plus s'exercer sur lui-même, car il fallait un cerveau d'enfant en pleine croissance.

Selon lui une instruction avait été lancée par la justice américaine qui réclamait son extradition. La police n'allait probablement pas tarder à intervenir dans le monastère, sans parler de la presse internationale.

J'essayais de garder mon calme. Je lui demandai comment il savait tout cela. Il finit par me raconter Benoît, Roland, le Cercle. N'ayant plus rien à craindre, il leva pour moi un coin du voile.

Je finis par lui poser la question qui me hantait : Damien était-il des leurs ?

Il eut une hésitation. Oui. Enfin, Benoît et Roland l'avaient coopté. Mais, très vite, il avait refusé de se plier aux rituels. Son retour à Seilhan montrait qu'il avait choisi son camp.

Il me dit avec insistance que le jeune homme était décidé à entrer dans la confrérie du Sang du Christ, que son choix était fait. Il fallait que je parte à tout prix.

Les deux confréries, revendiquant chacune l'héritage des Cathares, se livraient une guerre fratricide depuis des siècles. Ce qui venait de se passer dans le monastère était l'aboutissement de ce conflit séculaire ; cela annonçait l'accomplissement imminent d'une prophétie que les frères se transmettaient depuis l'origine.

Les propos de Jérôme me donnaient la nausée. Je me levai, m'approchai de Damien.

Le frère Constantin s'apprêtait à entrer dans le laboratoire. J'allai à sa rencontre. Je lui fis part de ma conversation avec Jérôme. Il m'écouta attentivement, le regard grave, mais je sentais qu'il se demandait avant tout qui j'étais et ce que je faisais là. J'essayai de tout lui expliquer, ma rencontre, Jérusalem, le spectacle, les journalistes, mais je voyais bien qu'il ne me comprenait pas.

Pour la première fois, je me posai alors la question de mon propre destin et de ma présence dans ce drame qui ne me concernait en rien. Je pensai à tous ceux que je venais de rencontrer et qui, il y a seulement deux semaines, étaient des inconnus.

Seilhan. 30 juin. 9 heures.

Werner et Annah étaient restés près de l'électroencéphalogramme. Ils commençaient à désespérer de le voir se remettre à bouger.

Annah regardait fixement Werner. Il ne pouvait pas lui mentir. À bout de force, il murmura :

— Ce n'était que du sérum physiologique.

Au même moment, un bruit infime se fit entendre, un son régulier. Ils se précipitèrent vers la machine et Werner tomba à genoux, les mains jointes.

— Merci. Merci.

Le cerveau d'Albert, lentement, se réanimait. Le frère Constantin se tenait sur le seuil et venait d'assister à la scène. Il s'agenouilla, lui aussi, pour prier.

Seilhan. 30 juin. 9 heures.

Je me tenais debout face à Damien qui baissait la tête. L'attitude du frère Constantin m'avait renvoyée à moi-même. Je finissais par me demander, à mon tour, qui j'étais et ce que je faisais là.

L'amour que j'éprouvais pour Damien était réel. Mais, même s'il m'aimait aussi, il ne pouvait le vivre. Le monde n'était, à ses yeux, qu'une illusion, et pour lui, j'en faisais partie.

Cette idée me révoltait, me torturait. Pourquoi ne pas accepter la dimension dans laquelle nous vivions ? Pourquoi ne pas nous aimer, tout simplement ?

Mon destin était-il de les arracher tous à leurs croyances vaines et désespérées ? Nous allions mourir de la même façon. J'étais apparue dans leurs vies, j'avais traversé les siècles avec eux. J'étais là, dans le même temps, dans le même lieu. J'étais le messager de la simple réalité, vers laquelle j'aurais tant aimé les ramener.

L'heure était peut-être venue.

Damien leva enfin son visage et je sentis tant de souffrance dans son regard. J'eus envie de lui dire :

— C'est fini, n'abandonne pas, tiens encore un peu, ce sera bientôt la délivrance.

Je découvrais à quel point l'illusion pouvait torturer les êtres. À quel point leurs croyances étaient la principale source de leur malheur.

Comment le lui dire ? Il préférait rester emmuré dans son silence, et ne pas affronter le défi que je représentais.

Il ne m'avait pas offert le moindre mot.

Seilhan. 30 juin. 9 h 30.

Il y eut au-dessus du monastère un grondement qui se transforma en un bruit assourdissant. Les enfants, rassemblés dans le jardin, étaient apeurés.

Quelques minutes plus tard, un hélicoptère se posait au milieu d'une clairière. Steve Hughes en descendit, accompagné de ses équipes. Il avait l'air soucieux, angoissé par le scandale qui était en train de se répandre. On venait d'annoncer que le professeur chinois Seongmin Kim allait recevoir le prix Nobel pour la découverte de l'« effet gamma » dans le cerveau, qui permettait de prolonger la vie en reconstituant les cellules malades.

Le frère Constantin les accueillit et les conduisit à travers le jardin dans la direction du laboratoire. Ils virent Damien assis sur les marches et une jeune femme debout près de lui. Il y avait autour d'elle, se reflétant dans ses cheveux blonds, une aura de lumière. Steve Hughes resta un instant immobile devant cette vision. L'ensemble qu'ils formaient ressemblait à un tableau de la Renaissance italienne.

La porte du laboratoire s'ouvrit. Werner et Annah apparurent. Ils tenaient Albert par la main.

Un murmure parcourut le groupe rassemblé dans le jardin. Les moines s'étaient agenouillés.

Werner avança lentement vers Steve Hughes et le salua, puis il sortit une enveloppe un peu froissée de la poche de sa veste et la lui remit.

Steve Hughes commença à lire. Il regarda Werner sans pouvoir cacher sa surprise. Il s'agissait d'une lettre où le professeur annonçait qu'il abandonnait ses recherches. Il désirait rompre le contrat qui le liait à la H.I.C. et rentrer à San Francisco avec sa famille.

Il s'engageait à rembourser ce qu'il avait déjà perçu. Il espérait simplement que sa décision ne remettrait pas en cause l'aide apportée au monastère, à son école et au centre spécialisé pour les enfants autistes, auquel lui-même faisait une donation pour dédommager les moines des conséquences de l'abandon de ses recherches et du trouble qu'elles avaient occasionné.

Steve Hughes relisait la lettre. Il regarda à nouveau Albert, incrédule. Il était bien vivant. Werner avait démontré, avec la mort de son fils, avec ce qu'on était bien obligé de considérer comme une résurrection, que ses recherches avaient abouti beaucoup plus tôt qu'il ne l'imaginait lui-même.

La H.I.C. était en mesure d'offrir à l'humanité un moyen de régénérer l'organisme qui représentait une révolution de la médecine et de la pharmacologie sans précédent, un progrès historique. Et ils devraient abandonner tout cela ? Laisser la concurrence triompher ? Laisser l'humanité se fourvoyer dans de fausses directions et être bernée par des charlatans ? Steve Hughes ne pouvait cacher sa colère.

Werner lui murmura que ce n'était pas ce qu'il croyait. Il s'agissait d'un véritable miracle, que Dieu seul avait accompli pour exaucer sa prière. Il avait échangé la vie de son fils contre le serment de tout abandonner. Il ne pouvait se parjurer.

Seilhan. 30 juin. 10 heures.

Le président de la H.I.C. était reparti. Peu de temps après, un grand fracas se fit entendre au-dessus de la forêt. L'hélicoptère était déjà haut dans le ciel ; il disparut dans les nuages.

Tout le monde avait assisté à cette scène. Certains avaient du mal à comprendre la raison de ce départ précipité.

Je croisai le regard du frère Constantin, qui me dévisageait comme s'il voulait percer je ne sais quel mystère. Il se dirigea vers la famille Richardson et embrassa chacun. Puis je l'entendis remercier Werner de lui avoir montré le chemin.

Il se rendait compte que les guerres auxquelles ils se livraient depuis des siècles étaient stériles. Les frères avaient décidé, eux aussi, de transformer leur communauté. Ils avaient choisi la clôture. Quelques-uns continueraient à s'occuper de l'école, certains resteraient auprès des autistes, mais ceux-là devraient quitter l'ordre. Tous les autres n'auraient plus aucun lien avec le monde.

Je me disais que ce que je ressentais ne pouvait être que le fruit du désespoir. J'avais la certitude d'être celle par qui s'accomplissaient ces renoncements successifs. À cause de cela, j'allais perdre Damien.

Je vis à nouveau le nom de Jérôme clignoter sur mon portable. Il m'annonçait que le Cercle était dans le désarroi, qu'il avait discuté avec Benoît et Roland, et qu'ils aimeraient me voir rapidement, me parler. Il me demanda quand je pensais rentrer à Paris. Je lui dis que je ne savais pas.

Je regardai Damien.

Il se relevait et déroulait son corps avec la même grâce que dans le cimetière du Mont des Oliviers. Mais aucun halo d'or ne l'entourait plus. Il était pâle. Sa beauté semblait aussi fragile que ses gestes.

Je l'implorai du regard. Il ne m'entendit pas. Il se dirigea lentement vers l'abbaye. Il s'arrêta quelques instants en haut des marches. Je crus qu'il allait se retourner, mais il franchit le seuil et la porte se referma dans un bruit de ferraille.

Le frère Constantin avança vers moi. Il tenait une enveloppe dans la main. Il me la tendit.

Seilhan, le 30 juin.

Quand vous lirez cette lettre, j'aurai choisi la clôture. Je me serai retiré de ce monde pour me consacrer à la prière, respectant les nouvelles règles de la communauté, faisant vœu de silence.

Je repense à Jérusalem, à votre apparition. Il y avait autour de vous comme une aura, une lumière dorée. Je n'osais pas vous regarder, vous sembliez flotter dans l'air.

Ce fut une révélation. Je compris que je m'étais fourvoyé. Je faisais fausse route, entraîné dans un monde illusoire.

Je vous avais vue. J'avais vu un ange. J'entendais ce que vous m'annonciez. Je comprenais la prophétie.

Votre image se confondait avec ces figures de la peinture italienne qui me fascinent depuis toujours. L'ange de l'Annonciation s'incarnait en vous, et tous les anges peints par Bellini, Carpaccio, Botticelli, Fra Angelico ou Piero della Francesca. Ils étaient là, devant moi, à travers votre visage. Et vous me regardiez.

J'étais pétrifié et n'osais faire un geste, prononcer une parole. Par moments, vous deveniez réelle. Je suis tombé amoureux de vous dès le premier instant.

Je pris cet amour comme une nouvelle épreuve sur mon chemin. Elle fut, je vous le promets, la plus difficile à surmonter. À l'instant où je vous écris ces lignes, vous laisser vous éloigner reste un arrachement. J'ai peur de vous perdre à jamais.

Depuis notre rencontre, mon esprit ne vous a pas quittée. Plus je me défendais, plus votre visage m'envahissait. Vous êtes venue me visiter chaque nuit dans mon sommeil. Vous me faisiez revivre ce que nous avions vécu il y a des siècles.

Ces songes étaient plus vrais que la réalité, telle la résurrection de vies antérieures que nous aurions traversées. Ils m'apportaient, comme vous, le message de ma destinée. Ils me montraient la voie. Mais surtout, ils me permettaient de ne jamais vous quitter, alors que nos corps étaient séparés.

Lorsque je revins à Seilhan, je savais que vous viendriez me retrouver. Je ne voulais pas vous décevoir. Vous êtes à nouveau apparue et ce fut encore plus violent que la première fois. J'avais compris que vous étiez là pour que les choses s'accomplissent, mais aussi pour me voir, et partager, à votre manière, cet amour que je ressentais pour vous.

Je suis resté longtemps à méditer. Les événements m'apportèrent la réponse. La mort et la résurrection de cet enfant étaient ce qu'annonçait la prophétie.

Vous êtes venue nous dire à tous d'abandonner, de renoncer à nos chimères, à nos illusions. Dans les Annonciations, l'ange dit à Marie qu'elle va avoir un fils, que cet enfant sera celui de Dieu, qu'il sera Dieu.

Notre rencontre me démontre que tout le reste n'est qu'illusion, et qu'il faut y renoncer.

Notre sang est fait de la même substance que le sang du Christ, le sang de la Nouvelle Alliance, et nous devons renoncer. Simplement renoncer.

Je sais que vous êtes l'ange de la renonciation.

Mais je sais aussi qu'en renonçant à vous, je vais au bout de mon chemin et que le destin me dira ce que je devrai faire pour qu'un jour nous soyons à nouveau réunis.

Nous nous retrouverons, quelque part dans le temps.

Damien.

Je remis la lettre dans l'enveloppe et me dirigeai vers le frère Constantin, qui m'avait attendue. Je n'avais pas envie de pleurer. Il me semblait que je sortais d'un long sommeil.

Je le suivis jusqu'au couvent. Il me conduisit vers une chapelle vide qui résonnait encore des chants des moines.

Le frère se retira, me laissant seule au milieu de l'allée qui menait à l'autel. Je montai les marches et avançai vers l'abside, où je distinguai un tableau plongé dans l'obscurité.

M'approchant, je vis en bas à droite du panneau de bois une date rédigée en latin : *XXIX Jun. MDCLXVI.*

J'essayai de trouver un angle qui me permettrait de voir ce qui était peint. Le tableau avait la même structure que l'Annonciation de Fra Angelico à San Giovanni Valdarno.

Dans la moitié gauche de la toile, je me reconnus. Mes pieds nus semblaient ne pas toucher le sol. J'avais une robe rouge brodée de fils d'or, dont mes ailes et mon auréole semblaient entièrement tissées. Mes mains étaient croisées.

À droite, je reconnus Damien, agenouillé, en prière, le visage tourné vers moi. En haut, dans le coin gauche du panneau, on reconnaissait le monastère et, derrière, le surplombant, le château dévoré par les flammes.

Tout en bas je déchiffrai avec peine une inscription latine dont les lettres dorées étaient presque effacées :

UNA ERIMUS, IN ALIQUO LOCO TEMPORIS*.

* *Nous nous retrouverons, quelque part dans le temps.*

Achevé d'imprimer en octobre 2010
sur les presses de la Nouvelle Imprimerie Laballery
58500 Clamecy
Dépôt légal : novembre 2010
N° d'impression : 010044
Imprimé en France